"Eines Tages wird man offiziell zugeben müssen, dass das, was wir Wirklichkeit getauft haben, eine noch größere Illusion ist als die Welt des Traumes."
- Salvador Dali

Christopher Steigerwald

Aller Enden Hoffnung

Bibliografische Information der Deutschen Nationalbibliothek:
Die Deutsche Nationalbibliothek verzeichnet diese Publikation in der Deutschen Nationalbibliografie; detaillierte bibliografische Daten sind im Internet über http://dnb.dnb.de abrufbar.

Herstellung und Verlag: BoD – Books on Demand, Norderstedt

ISBN: 978-3-7578-2438-9

Prolog

Vor einigen Jahren war ich mit meinen Eltern und meinem Onkel zum Essen verabredet. Es war ein lauer Sommerabend und wir saßen im Hinterhof eines griechischen Restaurants. Ich erinnere mich nicht mehr daran, wie es hieß, oder was ich gegessen habe – Überhaupt wäre es eigentlich ein ziemlich belangloser Abend geblieben, hätte mein Onkel nicht diesen einen Satz gesagt, an den ich seitdem immer wieder denken muss und der sich so tief in mir eingenistet hat, dass ich mir sicher bin, dass er sich immer wieder in mein Bewusstsein drängen wird, auch wenn meine Haut schon schlaff an mir herunterhängen würde.

Wir waren gerade erst angekommen und wurden von einem Kellner an einen Tisch in einer Ecke des Hofs geleitet. Die Sonne war noch nicht ganz untergegangen und tauchte alles in sanfte Wohligkeit, wie sie es nur in dieser einen Stunde vermochte, bevor sich die Nacht endgültig über das Land legte.

Wir nahmen Platz und ich legte die Serviette, die auf dem Teller vor mir drapiert war, zur Seite.

Meine Eltern, die nicht in der Stadt wohnten, waren mit dem Auto gekommen, mein Onkel wohnte nur wenige Straßen von dem Restaurant entfernt. Ich hatte an diesem Abend die Bahn genommen, da ich keine Lust hatte einen Parkplatz zu suchen und außerdem gerne ein paar Gläser Wein trinken wollte.

Der Kellner brachte kurz darauf die Speisekarten und reichte sie, wie es die Etikette erforderten, den Herren zuletzt. Es fiel mir auf, nicht weil ich diesem Gehabe etwas abgewinnen konnte, ganz im Gegenteil, fühlte ich mich in ungezwungenen Atmosphären wohler, aber ich wusste, dass es neben meiner Welt auch noch eine gab, in der feine Damen pikiert die Nase rümpften, bekäme ihr Gatte die Karte vor ihnen gereicht. Gepflogenheiten aus einer Zeit, aus der wir uns das meiste abgewöhnt hatten, aber manches schien zäh und war noch nicht bereit nur noch eine Notiz in einem Geschichtsbuch zu werden.

Während ich die verschiedenen Weine, die zur Auswahl standen, studierte, begann mein Vater über die Mühen der Anreise zu sprechen. Ich hörte nur mit einem Ohr zu, aber er regte sich über sein Navigationsgerät und seinen Kampf mit selbigem auf, erzählte, dass er einmal falsch abgebogen war, weil er sich sicher gewesen war, das Navigationsgerät läge falsch, ein Gedankengang dessen Absurdität mich innerlich den Kopf schütteln ließ. Er schloss damit, dass er wegen einer Baustelle auf der Strecke weitere zehn Minuten verloren hatte. Er tat dies mit einer Selbstverständlichkeit, die offenbarte, dass es nie einen Zeitpunkt in seinem Leben gegeben hatte, zu dem er auch nur darüber nachgedacht hatte, ob es überhaupt möglich war, Zeit zu verlieren.

Auf die Nachfrage meines Onkels, warum er denn überhaupt diesen Weg gewählt hatte, entgegnete ihm mein Vater, dass dies der schnellste Weg gewesen wäre.

Ich hatte mich für Chardonnay entschieden, was eigentlich schon klar gewesen war, bevor ich die Karte aufgeschlagen hatte. Ich betrachtete dennoch jedes Mal die ganze Auswahl, bevor ich mich dafür entschied, was ich immer nahm. Der Mensch ist ein seltsames Geschöpf, dessen Fähigkeit, Offensichtlichem zuwider zu handeln, im Tierreich einmalig ist.

Ich legte die Karte zur Seite und zündete mir eine Zigarette an.

Mein Onkel antwortete meinem Vater und sagte diesen einen Satz, diese eine Frage, die so simpel und beiläufig daher kam, dass sie mir ungehört und unverstanden wie Luft durch die Finger hätte rauschen können und ich bin mir sicher, dass meine Eltern keine Erinnerung mehr daran haben, scheiternd an der Flüchtigkeit der Worte, deren Fassbarkeit mit jedem mehr gesprochenen immer weniger wird, aber ich hatte sie festgehalten in diesem Moment. Vielleicht haben sie aber auch mich festgehalten.

Ich bin mir nicht sicher, ob es einen Unterschied macht. Ich glaube schon.

Schon früh war ich mir der Tatsache gewahr, nicht nur niemals alles, sondern im Gegenteil nur ausgesprochen wenig sein zu können. All meine Wünsche, all meine Hoffnungen waren winzige Fragmente aller möglichen Wünsche und Hoffnungen. Im Laufe meines Lebens begriff ich, dass Zeit, die verstrichen war, vor allem eine

Ansammlung von Dingen war, die ich nicht getan hatte. Wie in einer Rutsche schoss ich durch meine eigene Existenz hindurch und konnte nicht nach rechts oder links greifen und erst recht nicht zurück. Die Anzahl der möglichen Varianten meiner Selbst war mit jedem Tag kleiner geworden. Sozusagen schrumpfte ich seit dem Tag meiner Geburt immer weiter dem letzten Ich, das ich sein sollte, entgegen und alle Phantasmen, nach denen ich gegriffen und nicht vermocht hatte festzuhalten, hatten sich am Wegesrand danieder gelegt und waren zu Abzweigungen geworden, die ich nie beschreiten sollte.

Es dauerte bis zu dem Tag, als ich sah, wie sich das Licht im Gefieder einer Krähe brach, bis ich glaubte, alles verstanden zu haben. Ich war die Summe aus allem was ich war und was ich nicht war. Und das einzige was es benötigte, um glücklich zu sein, war ein weiterer Tag.

I

1

Es war ein tiefes In-mich-gekehrt-sein, das von mir Besitz ergriff. Es war nicht viel um mich herum und selbst das wenige, ein großer Holztisch, ein Ofen, ein Bett, verschwamm, während ich es ansah und gleichzeitig durch es hindurch starrte.

All die Jahre hatte ich mich vorbereitet, auf etwas, auf das man sich wahrscheinlich nicht vorbereiten konnte. Doch jetzt, da es tatsächlich passiert war, fühlte ich mich trotzdem überrumpelt. Eine Sekunde, die alles veränderte. Und wenn man es noch so oft durchgespielt hatte, wie ein Film, deren eigener Regisseur und Hauptdarsteller man war, die Realität lässt jede noch so detaillierte Fiktion so klein, so fern erscheinen. Als würde ein Speer die Blase, die einen umschloss, zum Platzen bringen und einen durchbohren.

Ich hatte mir eine Blase konstruiert im letzten Jahr. Es war anstrengend gewesen, voller Entbehrungen. Vielleicht war es auch nur ein Versuch gewesen, sich nicht schuldig zu machen. Aber war ich genau das, weil ich nichts getan habe? Weil ich nicht gekämpft habe, außer mit mir selbst? Ich wusste ja, dass es passieren würde. Es war nicht eine Frage des ob, sondern des wann.

Und wann war offensichtlich heute. Ich konnte die Asche riechen.

2

Ich weiß nicht, wie lange ich ins Nichts geblickt hatte. Das Pfeifen des Teekessels riss mich aus meinen Gedanken. Ich stand auf und nahm ihn vom Ofen herunter. Ich schüttelte ihn und stellte fest, dass sich kaum noch Wasser darin befand. Wie lange hatte ich ihn nicht wahrgenommen?
Ich musste lachen. Es war die perfekte Metapher.

3

Ich hatte mir noch nicht einmal die schweren Stiefel ausgezogen, als ich zurückgekommen war. Ich band die Schnürsenkel des linken neu zusammen, richtete mich wieder auf und spürte die Schmerzen in meinem Rücken. Seit dem Sturz war er nie wieder so geworden wie vorher. Wann immer ich mich bückte, quittierte er es mit minutenlangen pulsierenden Schmerzen. Und hier oben, oder besser, hier draußen musste man sich oft bücken.
Aber das war jetzt auch egal.

Ich nahm meine Jacke vom Haken neben der Tür und band mir den Schal so um, dass er mein Gesicht bis oberhalb der Nase abdeckte. Es war verflucht kalt draußen und ich wollte mir nicht den Tod holen. Bei dem Gedanken musste ich so laut lachen, dass mir alles wieder verrutschte und ich von vorne beginnen musste, den Schal um mich zu wickeln.

Ich musste nicht nach meinem Schlüssel suchen, wie ich es früher immer getan hatte, denn ich hatte keinen. Es gab kein Schloss an der Tür. Wozu auch? Hier war ja niemand.

Ich drehte noch einmal um und ging zur Truhe neben meinem Bett. Die hatte ein kleines Schloss und auch einen kleinen Schlüssel, stand aber trotzdem immer offen.

Ich musste nicht lange in ihr kramen, um die drei Gegenstände, die ich mitnehmen wollte, darin zu finden. Ich war ein ordentlicher Mensch. Ich war es geworden. Noch nicht einmal aus einer Notwendigkeit heraus. Eigentlich hätte es mir in meinem früheren Leben mehr geholfen als heute. Aber heute hatte ich auch viel weniger Dinge, was es einfacher machte, alles an seinem vorgesehenen Platz zu belassen.

4

„Verflucht Julia, sagen Sie ihm einfach, dass er sich noch fünf Minuten gedulden muss. Das ist doch Wahnsinn hier! Alle dreißig Sekunden klingelt das Telefon! Ich werde verrückt!

Sagen Sie jedem, der irgendetwas mit der Presse zu tun hat, dass er sich sein Handy nehmen, es sich in den Hintern schieben und darauf warten soll, dass ich ihn irgendwann zurückrufe. Dann hat ihr Handy wenigstens **etwas mit uns gemeinsam!**", brüllte ich das zierliche Gesicht an, das durch einen Spalt in der Tür in mein Zimmer lugte.

Julia sah mich entgeistert an. Sie war noch nicht lange genug dabei, um zu wissen, dass es sich dabei um ganz normale Umgangsformen handelte. Hier zumindest. Unter diesen Umständen.

Das Telefon klingelte erneut. Ich warf ihm einen wütenden Blick zu, erkannte die Nummer auf dem Display und griff sofort nach dem Hörer.

Ich wedelte mit der Hand in Julias Richtung, um sie aus dem Raum zu scheuchen. Ihr Gesichtsausdruck sah aus, als hätte sie, ohne anzuklopfen das Zimmer ihrer Eltern betreten und sie beim Sex erwischt.

Als sie die Tür hinter sich zugezogen hatte, nahm ich die Hand von der Muschel.

„Hallo? Hallo…?", rief mir Michaels Stimme entgegen.

„Scheiße, Michael, ich hör dich doch!

Seit wann weißt du es? Und noch wichtiger, von wem?"
Ein paar Sekunden Stille in der Leitung. Die Finger meiner linken Hand spielten mit einem Bleistift. Ich schmiss ihn quer durch das Zimmer, als ich mir dessen gewahr wurde. Er prallte von einer Flasche Whisky ab, die auf der kleinen Bar neben dem Aquarium stand. Ich spürte das Verlangen nach Alkohol, aber ich brauchte einen klaren Kopf. Wenn der ganze Wahnsinn vorbei war, würde ich mich so heftig mit Whisky betrinken, dass ich hoffentlich alles vergessen würde, was damit zusammenhing.

„Beruhige dich! Es gibt kein Leck. Noch nicht."

„Von wem, Michael?" Ich musste es wissen.

„Ist das wichtig?"

„Natürlich ist das wichtig. Ich habe keine Zeit für so einen Scheiß! Sag mir, von wem, oder ich lasse dich erschießen!" Ich meinte es nicht wirklich ernst. Sonst hätte ich es nicht in ein mittelmäßig abhörsicheres Telefon gesagt. Aber ich hätte an diesem Tag nicht die Hand dafür ins Feuer gelegt, dass der ganze Mist, nicht den einen oder anderen das Leben kosten würde.

„Sarah hat mich gebrieft. Zufrieden?"

Ich spürte, wie ich mich entspannte. Ich hatte sogar die Zähne zusammengepresst. Ich lehnte mich im Stuhl zurück und legte die Beine auf meinen Tisch. Eigentlich hatte sich das Problem dadurch nicht im Geringsten gebessert, aber es fühlte sich ein kleines bisschen bewältigbarer an.

Die Tür öffnete sich nach einem kurzen Klopfen erneut. Julias Gesicht – schon wieder. Ich schmiss die Kaffeetasse, die auf meinem Schreibtisch stand nach ihr. Sie zerplatzte an der Wand. Schon während des Flugs hatte sie dir Tür wieder zugezogen. Es blieb aber genug Zeit, um das Entsetzen, das ihr ins Gesicht geschossen war, wahrzunehmen.

„Die ganze Scheiße kriegen wir doch niemals zwei Wochen lang totgeschwiegen. Ich habe den ganzen Morgen darüber nachgedacht und mir sind eigentlich nur zwei Lösungen eingefallen: Entweder wir gehen selbst damit an die Öffentlichkeit, dann aber heute noch, vielleicht hat es die Hälfte der Idioten bis zum Wahltag schon wieder vergessen -" Ich hielt kurz inne, um mir eine Zigarette anzuzünden.

„Und was ist die zweite Möglichkeit?", fragte Michael.

„Wir finden noch eine größere Leiche bei ihm im Keller, so dass sich keiner mehr für das hier interessiert."

Michael schnaufte ins Telefon. Dann war es kurz still. Ich konnte beinahe hören, wie es in seinem Kopf ratterte. Wie er Optionen durchdachte und Sekundenbruchteile später wieder verwarf.

„Das ist doch beides nichts! Beziehungsweise funktioniert wahrscheinlich nur beides zusammen. Das kriegen wir niemals auf die Schnelle hin.

Wir müssen das einfach zwei Wochen unter Verschluss halten. Es ahnt doch niemand etwas, oder?"

„Ob jemand etwas ahnt? Bist du bescheuert, Michael? Wir arbeiten jetzt seit zehn Jahren zusammen und das ist wahrscheinlich das dümmste, was du je gesagt hast.

Und du hast mir schon einen Vortrag über Bürgerrechte gehalten, während du Koks von der Arschbacke einer Nutte geleckt hast, die wir uns aufs Zimmer geholt haben. Erinnerst du dich noch? Wie hat sie sich genannt? Mary? Maria?"

„Florence!"

„Richtig! Das war ein Abend!

Und der Ausschlag erst, weißt du noch, wie -" Ich hatte den Abend noch vor dem inneren Auge, als wäre es erst ein paar Wochen her, dabei waren es Jahre. Aber ich hatte Michael von Anfang an gemocht. Er war ein bisschen seltsam, ein bisschen verrückt, aber absolut fleißig, loyal und seriös. Zumindest wenn er 'im Dienst' war. Wenn er es nicht war, war er stattdessen höchst seltsam, höchst verrückt und nicht im Geringsten fleißig, loyal oder seriös. Ich schätzte beide Seiten an ihm. Er war die Versinnbildlichung des Mottos 'alles zu seiner Zeit'.

„Das ist doch egal jetzt", unterbrach er mich. „Wie viele Leute wissen es?"

„Du, ich. Sarah. Tim vermutlich. Das ist nicht das Problem. Alles war wir herausfinden, kann auch jeder andere herausfinden. Das weißt du selbst am besten."

Erneut Stille in der Leitung.

„Wir brauchen eine Ablenkung. Eine beschissene Nebelkerze. Oder besser gesagt, ein ganzes Feuerwerk aus Nebelkerzen", fuhr ich fort.

„Oder wir gehen halt doch in die Offensive und hoffen, dass es nicht so schlimm wird, wie wir vermuten."

„Was wenn doch? Was wenn wir am Arsch sind danach? Ich weiß, dass ich es selbst vorgeschlagen habe. Und ja, die Leute sind Idioten mit dem Gedächtnis eines dementen Goldfischs, aber..." Ich konnte mich nicht mehr wirklich auf das konzentrieren, was ich eigentlich sagen wollte, weil meine Gedanken sprunghaft durch die Gegend huschten, nach Lösungen forsteten.

„Aber?", fragte Michael. Seine Stimme riss mich zurück in den Moment.

„Ja, Michael, was wenn nicht? Was, wenn sie es doch nicht vergessen? Was dann?"

„Dann sind wir am Arsch, ja!"

„Dann sind wir am Arsch!", wiederholte ich die Erkenntnis erneut. Langsamer als er, betonte jedes Wort, als wäre es ein eigener Satz.

„Wir brauchen einen Vierzehntage-Plan! Und zwar schnell! Wir müssen uns zusammensetzen. Wann kannst du hier sein?"

„Ich weiß nicht. Ich kann versuchen, heute noch einen Flug zu bekommen. Wann ist der späteste Termin, an dem du mich brauchst?"

„Gestern!"

5

Das Erste, das mir auffiel, als ich aus dem Auto stieg und den Pfad zur Hütte ging, war, dass es überhaupt nicht so still war, wie ich es mir vorgestellt hatte. Allerlei

Vögel zwitscherten durcheinander, irgendwas raschelte in den bereits längst zu Boden gefallenen Blättern. Bis zum ersten Schnee würde es wohl nicht mehr lange dauern. Es wäre wohl besser gewesen, erst im Frühjahr herzukommen, aber ich wollte nicht warten. Ich konnte nicht warten.

Ich hatte die Hütte gekauft, ohne sie jemals vorher gesehen zu haben. Auf Fotos, ja, aber ich war nicht selbst hier gewesen. Ich hatte mir angesehen, wo sie liegt, das hatte mir genügt. Der Mann, der sie mir verkauft hatte, hatte mich ungläubig angesehen, das weiß ich noch. Er hatte gesagt, dass einiges daran gemacht werden müsste, das Dach sei an einer Stelle undicht und das Geländer an der Veranda morsch. Und so weiter. Er hörte gar nicht mehr auf zu reden und es wirkte eher so, als versuchte er alles, um mir die Hütte nicht verkaufen zu müssen. Irgendwann hatte ich ihm nicht mehr zugehört. Ich war mir bewusst gewesen, dass ich es wahrscheinlich noch bereuen würde, aber in dem Moment war es mir egal gewesen.

Es musste schnell gehen, bevor irgendjemand mitbekam, wohin ich mich zurückgezogen hatte.

Es dauerte über eine Stunde bis ich den Pick-Up entladen hatte. Dabei sortierte ich noch nicht mal einen Bruchteil davon ein, sondern stelle das meiste einfach dort ab, wo Platz war.

Erst als ich fertig war, hielt ich kurz inne und schaute mich um. Ich kam mir vor wie ein Zeitreisender. Hier gab es keine Heizung, keinen Strom, noch nicht einmal fließend Wasser. Ich war mir in diesem Moment bereits sicher, dass ich all die Annehmlichkeiten irgendwann schmerzlich vermissen würde, aber als ich mich auf einem der beiden Stühle, die an einem schlichten Holztisch standen, niederließ, war ich froh darüber, all das hinter mir gelassen zu haben.

Ich zündete mir eine Zigarette an. Eines der ganz wenigen Laster, die ich auch hier nicht loswerden wollte. Ich hatte sie stangenweise in einen der Kartons gestopft. Ich rauchte noch nicht einmal besonders viel, aber ich wollte dennoch nicht komplett darauf verzichten. Ich stand auf, ging in den Bereich der Hütte, den man als Küche bezeichnen konnte und durchsuchte Schubladen und Schränke nach einem Aschenbecher. Erfolglos. Ich nahm stattdessen eine Tasse und setzte mich wieder auf den Stuhl. Er knarzte. Es klang wie ein Seufzen. Als wäre er von meinem Gewicht überfordert und hoffte, dass ich bald wieder aufstehen würde.
Ich war nicht fett, aber ein bisschen Speck befand sich eigentlich an meinem ganzen Körper. Ich hatte all die Jahre so viel gearbeitet, dass ich weder genügend Zeit für vernünftiges Essen, noch für Sport gehabt hatte. Irgendwann rächte sich das eben. Ich trug noch einen Gürtel an meinen Hosen, aber eigentlich war er längst zum Accessoire verkommen.
Ich schälte mit einem Fuß den anderen aus dem Schuh und umgekehrt. Danach legte ich die Beine auf den Tisch. Er kippte zu einer Seite weg, weil das eine Bein einfach nachgab, als wäre es ein kontrolliert gesprengtes

Hochhaus. Die Tasse, die ich als Aschenbecher zu missbrauchen gedachte, nahm Fahrt auf und rutschte die Schräge hinunter, entleerte ein paar Flocken Asche auf den Boden, schlitterte noch ein paar Meter weiter und kam dann zum Stillstand. Sie sah unbeschädigt aus. Ich musste laut lachen. Fast ein bisschen hysterisch. Es dauerte fast eine Minute, bis ich mich wieder so weit unter Kontrolle hatte, dass ich aufstehen und die Tasse aufheben konnte. Ich drückte meine Zigarette in ihr aus und ging zurück zum Tisch, der schräg auf dem Boden lehnte.

„Scheiße!", war das einzige Wort, das meine Lippen verließ.

Ich beschloss ihn zu reparieren.

6

Ich drehte den Tisch so, dass er die verbliebenen drei Beine in die Luft streckte wie ein toter Käfer. Ich wackelte an ihnen. Sie schienen mir recht stabil, hatten kaum Spiel. Auch das Holz bröselte nicht.

Ich suchte die Kiste, in der sich die Werkzeuge befanden, was mich einige Minuten kostete, da ich sie nicht beschriftet hatte. Nachdem ich sie unter anderem Kram zu Tage gefördert hatte, nahm ich mir einen der größeren Hämmer und schlug den Stumpf, der wie ein fauler Zahn aus der Platte ragte, mit zwei, drei Schlägen ab. Es war nicht schwer, das Holz wehrte sich kaum.

Ich sammelte die Trümmer zusammen und schmiss sie in den Ofen, der eingestaubt in einer Ecke stand. Ich strich mit dem Finger über die Oberfläche und hinterließ einen deutlich sichtbaren Strich darauf.

Ich würde ihn noch vor dem Abend verwenden müssen, da der Mann im Radio gesagt hatte, dass eine sternenklare und kalte Nacht vor uns lag.

Bei dem Gedanken fiel mir ein, dass es auch einen Schuppen gab, wenige Meter hinter der Hütte, in dem sich angeblich hauptsächlich trockenes Feuerholz befände.

Ich leerte den Karton mit den restlichen Werkzeugen und allem anderen einfach auf den Boden und ging mit ihm nach draußen. Die Wiese, die sich hinter der Hütte erstreckte, bis sie vom Wald verschluckt wurde, stand hoch und sah aus, als wäre sie entweder noch nie gemäht worden, oder zuletzt vor Jahren. Ich sah mich um.

Bäume, Gras. Das war's. Der leichte Wind bewegte beides hin und her. Die letzten Bienen schwirrten scheinbar willkürlich umher.

Ich entdeckte die Hütte am Rand der Wiese. Es war ein kleiner Verschlag aus Holz mit einem Dach aus Wellblech, von dessen Kanten Moos herabhing. Ich schlug mir den rechten Fuß an einem Stein an, den ich unter dem Gras nicht gesehen hatte. Ich fluchte erneut laut.

Ich erreichte den Schuppen ohne weitere Zwischenfälle und stellte den Karton neben der Tür ab. Als ich an ihr zog, bewegte sie sich kein Stück. Ich rüttelte fester daran, fast ohne Effekt. Ich sah sie mir genauer an. Eine metallene Klinke, von der bereits eine der ursprünglich vier Schrauben, die sie im Holz hielten, fehlte. Im Geiste fügte ich den Umstand meiner To-Do-Liste hinzu. Mit den Füßen versuchte ich das Gras davor platt zu treten. Nach einer Weile stellte ich fest, dass die Erde mit der Zeit über die Schwelle gewuchert war. Ich hatte keine Schaufel mitgenommen.

Ich fuhr mir mit der linken Hand über die Stirn und strich mir die Haare aus ihr. Für einige Momente stand ich einfach nur da und sah durch die Tür hindurch.

Nach einem Seufzen ging ich auf die Knie und begann mit meinen Händen Erde zur Seite zu schaffen. Es war mühselig und ich riss mir einen Fingernagel halb ab, als ein spitzer Stein sich in ihn bohrte und verfing. Erst spürte ich nichts, doch nach ein paar Sekunden begann es höllisch weh zu tun. Der ganze Finger pochte im Rhythmus meines Herzschlags. Ich grub nur noch mit der anderen Hand und nach einer weiteren Viertelstunde hatte ich genug Erdreich entfernt, dass ich einen weiteren Anlauf starten wollte.

Ich zog kräftig an der Tür und sie schnellte auf, so dass ich selbst nach hinten gerissen wurde, blieb dann an einem Stein hängen, den ich übersehen hatte, was mich nach vorne schleuderte und mit der Stirn an der Türkante aufschlagen ließ. Es war nicht sonderlich schlimm, aber es überstrahlte ein paar Sekunden den Schmerz in meinem Finger. Ich tastete meine Stirn ab. Kein Blut.

Es war der erste von vielen Momenten, in dem ich froh war, ganz alleine zu sein. Niemand, der mich sah, der sich über mich lustig machen konnte. Über mein tölpelhaftes Verhalten. Ich überlegte, wie es ausgesehen haben musste. Vermutlich wie eine Szene aus einem drittklassigen Slapstickfilm.

Ich warf einen Blick in die Hütte. Sie war nicht sonderlich groß. Vielleicht zwei auf fünf Meter. Höchstens. Im hinteren Bereich waren Holzscheite gestapelt. Sauber aufgeschichtet und trocken. Ich bezweifelte zwar, dass sie länger als ein paar Wochen vorhalten würden, aber besser als nichts.

An der linken Wand hingen eine Axt, eine Sense und eine Schaufel. Natürlich. Eine Schaufel.

Ich holte den Karton und schmiss ein paar Scheite hinein, hob ihn hoch, stellte fest, dass er leichter war, als erwartet und trug ihn zurück in die Hütte. Ich stellte ihn neben dem Ofen ab, ging zurück zum Schuppen und nahm die Axt von der Halterung. Sie schien in überraschend gutem Zustand. Ich strich vorsichtig mit dem Finger über die Klinge. Sie war scharf. Ich stellte sie kurz ab, um mir eine Zigarette anzuzünden und schlenderte daraufhin in Richtung des Waldes, auch wenn diese Wortwahl eigentlich eine Übertreibung war, da es ja noch nicht einmal hundert Meter dahin waren. Ich ertappte mich dabei, dass ich eine Melodie pfiff. Ich hatte es noch nicht mal gemerkt. Ich hatte gute Laune. Der Tisch war kaputt, mein Finger schmerzte und ich hatte gute Laune. Und pfiff, ohne es gemerkt zu haben. Als wären es meine Lippen, die mir mitteilten, dass ich mich wohl fühlte. Trotz allem.

Als ich die ersten paar Bäume hinter mir gelassen hatte, Laubbäume hauptsächlich, sah ich mich um. Ich konnte mich nicht erinnern, wirklich einmal in der Natur gewesen zu sein in den letzten Jahren. Also so richtig. Der Stadtpark war das höchste der Gefühle. Und auch meine Joggingrunden waren immer seltener geworden im Laufe der Zeit. Die Luft war eine andere. Dichter irgendwie. Meine Schritte erzeugten ein Rascheln oder Knacksen, je nachdem ob ich auf Laub oder einen kleinen Ast trat. Vor einer Eiche war ein breites Loch am Boden. Es hatte mindestens den Durchmesser eines Basketballs. Ich vermutete, dass es ein Fuchsbau war und eine Weile später sollte sich diese Annahme bestätigen. Aber das ist eine andere Geschichte. Wir sollten einander erst später kennenlernen.

Als ich meinen Blick nach oben wandern ließ, fiel mir ein Ast, den ich erreichen konnte auf, der die perfekte Dicke hatte, um als Tischbein zu enden. Außerdem war er relativ gerade. Ich stellte mich direkt darunter, umfasste den Stiel der Axt mit beiden Händen und schwang sie. Ein Stück Holz sprang durch die Luft und verschwand irgendwo im Laub. Ich löste die Axt, die sich schon beim ersten Schlag einige Zentimeter ins Holz gefressen hatte und holte ein zweites Mal aus. Ich konnte den verletzten Baum riechen. Es roch gut, was ein perverser Gedanke war, wie ich fand, aber so war es nun einmal. Harz quoll aus der Wunde wie Blut.

Ich schlug noch ein paar Mal meine Axt in den Ast, dann gab er unter seinem eigenen Gewicht nach und knickte nach unten. Raschelnd berührten die Blätter den Boden. Mit einem letzten Schlag löste ich ihn vom Baum. Irgendwie musste ich an einen Chirurgen denken, der eine Amputation durchführt. Ob er es auch 'lösen' nannte? 'Als nächstes lösen wir das Bein vom Torso'. Der Begriff klang so harmlos. Auch wenn der Vergleich ein wenig unfair war. Uns Menschen wuchs ja kein neues Bein nach, nachdem man das alte gelöst hatte. Noch nicht einmal an einer anderen Stelle. So richtig widerstandsfähig war der Mensch eigentlich nicht. Der einzige evolutionäre Vorteil gegenüber jeder anderen Kreatur, seinen Verstand, hatte er sich beinahe gänzlich abgewöhnt.

Sonst wäre ich nicht hier. Nicht mitten im Nichts, dabei einen Ast zurecht zu hacken und in Richtung der Hütte zu tragen. Ich wäre woanders. Ich wäre jemand anders. Und ich hätte noch Hoffnung.

7

Ich hatte Kaffeepulver mitgenommen. Und eine kleine silberne Kanne, in der man Kaffee brauen konnte. Nur Strom gab es keinen. Ich wollte den Ofen nicht benutzen, nur für ein paar Tassen. Kaffee musste also warten.

Ich betrachtete den Ast. Ich kam mir ein wenig vor wie ein Eroberer. Ich hatte etwas mit meiner eigenen Körperkraft geleistet. Nach all den Jahren, in denen das Anheben einer schweren Akte das anstrengendste war, das ich vollbracht hatte. Retrospektiv wirkte all das surreal. Ich hatte mitgespielt. Nicht nur das eigentlich. Ich hatte das verdammte Spiel gelenkt. Es gab hunderte Hände am Steuer, aber meine waren zwei davon gewesen. Und nun freute ich mich darüber, einen Ast abgeschlagen zu haben.

Aber es war, was nun zählte. Keine Telefonkonferenzen, keine Sekretärin, die sich gutmütig für einen Hungerlohn demütigen ließ, keine dummen Arschlöcher mehr, denen man nicht sagen durfte, dass sie welche waren.

Ich nahm den Ast und hielt ihn auf die Tischplatte, an der Stelle, an der sich sein morscher Vorgänger befunden hatte. Er war immer noch viel zu lang. Alle kleinen Ästchen hatte ich bereits abgehackt. Es ging nur noch um die richtige Länge und wie ich ihn am besten an der Platte befestigen würde.

Ich hatte kein Maßband. Es war der erste Gegenstand, den ich vermissen sollte. Er blieb nicht der letzte.

Ich war schlecht vorbereitet. Das war mir sogar bewusst gewesen. Wie schlecht ich es tatsächlich war, sollte ich aber erst lernen. Und es sollte schmerzhaftere Momente geben, als diesen. Ein fehlendes Maßband war zu verkraften.

Also kramte ich einen Stift aus der Innentasche der Jacke, die ich auf der Herfahrt getragen hatte, heraus, hielt den Ast direkt neben eines der Beine und markierte die Stelle, an der ich ihn abzusägen gedachte. Eine Säge hatte ich dabei.
Es war reiner Zufall, dass ich eine hatte. Wobei -
Ich hatte mir zumindest nie eine gekauft. Wozu auch?
Erstens lebte ich in einem kleinen Haus in der Vorstadt, ohne größeren Garten, zweitens zur Miete und drittens ausgestattet ohne jedes Vergnügen an jeder Form von Heimwerkern. Es gab keinen Grund sich eine Säge zu kaufen.
Mein ehemaliger Schwiegervater fand es jedoch offenbar notwendig, mir immer wieder alles mögliche Werkzeug zu schenken, weil man kein richtiger Mann war, wenn man kein Werkzeug besaß. Rückblickend war ich ihm dankbar, allerdings aus Gründen, die sein kleingeistiger Verstand nicht vorausgesehen haben konnte. Wie es ihm und der Hexe, die er geheiratet hatte, gelungen war, eine liberale und halbwegs intellektuell aufgeschlossene Person großzuziehen, habe ich nie verstanden. Wahrscheinlich konnten sie nichts dafür.
Seiner geistigen Grobschlächtigkeit und ihrem mit den Jahren immer weniger subtil dargebotenen Rassismus hatte sich meine Frau zu entziehen vermocht.
Sie waren gut situiert und gehörten zu der Art Leute, die es auch nicht verbargen. Zu allen Familienessen, denen

ich beigewohnt hatte, trug sie ein Kleid, dem man bereits aus der Ferne ansah, dass es teuer gewesen sein musste. Und stets ein anderes. Entweder schrieb sie sich auf, was sie zu welchem Anlass getragen hatte, oder sie schmiss es direkt danach weg und kaufte sich etwas Neues. Was den Umgang mit ihr erschwerte, war, dass sie nicht dumm war, ganz im Gegenteil. Sie war gerissen, schlagfertig und informiert. In ihren besten Momenten nutzte sie ihre scharfe Zunge dazu, witzig zu sein – wirklich ausgesprochen witzig - ich hatte mehr als einmal Tränen gelacht, in den unangenehmeren, welche klar in der Überzahl waren, ließ sie mich geschickt spüren, dass ich nicht ihr Wunsch-Schwiegersohn war. Ich war weder reich, noch konservativ genug und dann fuhr ich auch noch einen ausländischen Wagen.

Das alles war ihm stets herzlich egal gewesen. Er hatte nie eine Agenda gehabt. Politisch nicht, gesellschaftlich nicht und auch was die Familie betraf nicht. Ihm war eigentlich nur wichtig, dass der Mann der Mann und die Frau die Frau war. Wie es sich gehörte. Ohnehin ein Ausspruch, den er häufig verwendete. „Weil es sich so gehört!"

Auch deswegen schenkte er mir regelmäßig Werkzeug. Nicht nur zu Geburtstagen, sondern auch manchmal einfach so, meist unter dem Deckmantel, dass er sich ein neues, verbessertes Produkt gekauft hatte und ich das alte haben könne. Ich wusste zwar nie wohin mit dem Kram, aber hier konnte ich ihn gebrauchen.

8

Also sägte ich den Ast zurecht und schlug ihn mit drei großen Nägeln in die Platte. Er wackelte zwar ein wenig, für meine Zwecke sollte es genügen. Ich drehte den Tisch wieder in seine ursprüngliche Position und betrachtete ihn. Er sah ein wenig seltsam aus mit dem einen Bein, das ein bisschen wie das hässliche Entlein wirkte. Es störte mich nicht. Funktionalität schlug in seiner Bedeutung Ästhetik um Längen. Ich war zufrieden.

Ich sah auf die Uhr an meinem Handgelenk. Es war kurz vor drei. Danach bemerkte ich, dass es eigentlich keine Rolle mehr spielte. Es war nicht mehr nötig, den Tag künstlich in Fragmente zu unterteilen, es bedeutete nichts hier draußen. Ich hatte keine Termine mehr. Niemand, den ich anrufen musste, wenn der kleine Zeiger hier und der große dort stand. Dieses unendliche Ticken, Fortschreiten und Verleben des Moments, diese Manifestation der eigenen Mortalität, die man sich auch noch freiwillig umband, hatte jede Bedeutung verloren und war nur ein Monument eines Lebens, das ich abgestreift hatte, wie eine Schlange ihre Haut, wenn sie ihr entwachsen war.

Jede Zeiteinheit unterhalb eines Tages, konnte mir egal sein. Sekunden, Minuten, Stunden sollten zu Randnotizen verkommen. Ohnehin nur Konstrukte, die existierten, für den, der sich ihnen unterwarf, streifte ich sie wie einen Mantel ab, in dem Moment, in dem ich mir der Tatsache bewusst wurde.

Ich zog meine Uhr aus, sie war einmal teuer gewesen, ein Geschenk meiner Frau zu einem, einige Jahre zurückliegenden Hochzeitstag und legte sie auf den Tisch. Den kurzen Impuls, sie in den Wald zu werfen, oder mit dem Hammer zu zertrümmern, wischte ich eine nicht mehr existierende Sekunde später zur Seite. Unnötiger Symbolismus, affig gar, fand ich den Gedanken und wünschte, ich hätte ihn nie gehabt. Mir selbst gegenüber – es war ja ohnehin niemand anderes hier, außer mir selbst, dem gegenüber ich hätte wirken können.

Ich beschloss nichts mehr zu tun an meinem ersten Tag. Nichts Produktives zumindest. Keine Kisten auszuräumen, keinen Staub zu wischen, kein Bett zu beziehen. Stattdessen empfand ich den Drang spazieren zu gehen, die Umgebung zu erkunden.

Ich zog meinen Mantel an und die Tür hinter mir zu. Ich legte den Kopf in den Nacken. Mein Blick wanderte an den Bäumen herauf, streifte ihre Wipfel, ließ sie los und folgte den Wolkenfetzen, die über mir vorüberzogen. Ich atmete tief ein und ließ meine Zungenspitze über meine obere Zahnreihe gleiten.

Ich bemerkte einen schmalen Trampelpfad, der über die Wiese verlief und in den Wald verschwand. Ich entschied mich ihm zu folgen. Er war kaum breiter als ich und alle paar Meter musste ich einen Ast zur Seite biegen, einen Strauch umgehen, oder über einen kleinen

Felsen klettern. Gedankenlos fasste ich in Dornen und war eine Weile damit beschäftigt, sie mir aus der Handfläche zu ziehen. Die Stiche bluteten kaum. Ich entdeckte einen Stein, wenige Meter entfernt, ließ mich auf ihm nieder und überprüfte, ob ich nichts übersehen hatte, was sich vielleicht entzünden könnte. Als ich mir sicher war, bemerkte ich einen Tausendfüßler, der sich über meinen Schuh bewegte. Er war gruselig groß und ich konnte seine zwei klauenartigen Fühler erkennen, die hektisch suchend hin und her zuckten. Sein brauner Körper schimmerte im dünnen Licht, das durch das Blattwerk hindurch drang. Seine gleitenden Bewegungen wirkten fast schon jenseitig. Eine Kreatur, die eher aussah, als wäre sie der Feder eines wahnsinnigen Comic-Zeichners entsprungen, als dass sie wirklich existierte. Nach einer Weile hatte er das Interesse an mir verloren und verschwand unter einem Busch.

Ich stand auf, blickte noch einen Moment auf die Stelle, an der ich ihn zuletzt gesehen hatte und folgte dann wieder gemütlichen Schrittes dem Pfad, der mittlerweile zunächst ein wenig anstieg und sich immer steiler werdend einen Hügel hinauf schlängelte. Ich streifte eine Distel mit dem rechten Ärmel und gleich mehrere ihrer Körbe verfingen sich in meiner Jacke. Ich entfernte sie notdürftig, allerdings blieben einige stachelige Fetzen in den Fasern hängen und wehrten sich hartnäckig. Ich beschloss, dass es für den Moment egal war. Ein Specht hackte in einiger Entfernung auf Holz.

Der Wald wurde ein wenig lichter, gleichzeitig konnte ich spüren wie eine Brise hier und dort sich Schritt für Schritt zu überraschend frischen Böen auswuchs, um, als ich den höchsten Punkt des Anstiegs erreicht hatte, zu klassischem Herbstwind zu kulminieren, der die Eigenheit hatte, sich durch jede Jacke zu fressen, jede kleine Ritze in der Kleidung auszunutzen, um einen frösteln zu lassen, selbst wenn es eigentlich sonnig und keinesfalls kalt war.

Ich sah mich um. Es war deutlich felsiger als noch am Fuß des Hügels. Es war nur ein kleines Plateau, bevor es noch steiler wieder zu Tal ging. Man würde beinahe ein wenig klettern müssen, um herunter zu kommen. Ich konnte das Plätschern von Wasser hören, ohne dass ich einen Fluss oder Bach sehen konnte. Eine Krähe flog an mir vorbei und landete präzise auf dem Ast einer alten Buche, wenige Meter von mir entfernt. Sie musterte mich. So kam es mir zumindest vor. Sie hatte den Kopf auf die Seite gelegt, nur ab und an pickte sie in ihrem Gefieder herum, um mich gleich darauf wieder zu fokussieren. Mit ihren unheimlichen, pechschwarzen Augen.

Ein Tier, dem gemeinhin wenig Sympathie entgegengebracht wurde. Vielleicht war auch Hitchcock ein bisschen Schuld daran. Ich fand Krähen eher faszinierend. Ihr Gefieder schien aus dem schwärzesten Schwarz zu sein, das ich mir vorstellen konnte. Der gebogene Schnabel, ebenfalls schwarz. Überhaupt, der ganze Vogel sah aus, als hätte man einen Eimer Teer über ihn gekippt. Zudem waren sie sowohl äußerst neugierig, als auch intelligent, ja fast schon verschlagen. Stellt man einen Spiegel vor sie, bemerken sie, dass es lediglich ihr Abbild ist, das sie sehen. Eine Leistung, zu der nur ganz wenige Tiere in der Lage sind, selbst die meisten Säugetiere nicht.

Ich stand einfach nur da. Moment für Moment. Ich wendete meinen Blick von der Krähe ab, ließ ihn schweifen, ohne wirklich etwas zu betrachten. Ich nahm alles wahr, aber mehr als alles andere sog ich einfach ein Gefühl ein. Die Luft roch nach nichts. Kein Duft einer Blume, die Natur drängte sich mir nicht auf. Vielmehr war es die Abwesenheit von Gestank, der sich urplötzlich durch sein Fehlen in mein Bewusstsein katapultierte. Der Specht klopfte immer noch und das Wasser rauschte, meiner unbeeindruckt, seinen vorgegebenen Weg entlang. Immer wieder schrie auch ein Vogel, den ich nicht zuordnen konnte, dazwischen. Aber das war es dann auch. Keine Straßenbahn, die an mir vorbei ratterte. Kein Hupen, von jemand, der sich darüber aufregte, dass ihn ein Unbekannter drei Sekunden seines Lebens gekostet hatte, weil er nicht schnell genug auf eine grüne Ampel reagiert hatte. Aber vor allem kein Mensch. Keine Unterhaltung, kein Schreien, ja, auch kein Lachen, aber insbesondere kein Gesicht, mit dem man sich auseinandersetzen musste.

Ich fühlte mich so, wie es einem Alkoholiker ergehen musste, am Tag seiner Einlieferung in eine Entzugsklinik. Ein Gefühl der Freiheit, das Gefühl, dass man das richtige getan hatte. Die Konsequenzen des Entzugs konnte man sich noch nicht ausmalen.

Irgendwie spürte man, dass sie noch kommen würden, und dass es hart werden würde, allen Verlockungen zu widerstehen, die einem der eigene Verstand vorgaukelte, aber erst in einer vagen Zukunft.

Auch wenn meiner mir eigentlich nichts vorgaukelte. Ich war ja nicht vor einer Sucht geflohen. Sondern vor dem Leben, das ich geführt hatte und den Menschen, mit denen ich mich umgeben hatte. Ich schätzte die meisten davon nicht sonderlich und bei vielen war ich sogar froh, dass ich sie nie wieder sehen musste. Aber ich war mir auch bewusst, dass der Mensch ein Herdentier war. Er brauchte Gesellschaft.

Allerdings war mir die Herde zuwider geworden, und damit auch das Leben, das ich mir über die Jahre aufgebaut hatte. Viel war hohl und manches sogar ekelhaft, aber es war Teil meines Jobs gewesen, und ich hatte mich angepasst, hatte wie ein Chamäleon die Farbe der Ruchlosigkeit angenommen, die es benötigt hatte. Außer wenn ich nachts im Bett lag und versuchte einzuschlafen. Da verschmolz ich nicht mit dem Kissen, auf dem ich lag, sondern hob mich umso mehr von ihm ab. Insbesondere in der Zeit, in der meine Frau nicht neben mir lag. Wir waren längst darüber hinaus gewesen, ineinander verwoben dem Traum entgegen zu hoffen, aber manchmal genügte mir, zu wissen, dass sie da war, um irgendwann einschlafen zu können.

„Ich habe das Gefühl, dass ich etwas vergessen habe, Schatz!"

„Du vergisst nichts, das weißt du, cheri!"

Sie hatte nicht ganz recht gehabt. Ich vergaß wenig, aber manches verschwand selbstverständlich im Hintergrund mit der Zeit. Dieser Satz jedoch nicht. Und auch nicht ihr Schmunzeln während sie ihn aussprach und kurz zu mir sah, während sie in den ersten Gang schaltete und den rechten Fuß auf das Gaspedal setzte. Sie hatte mir sogar zugezwinkert.

Ob alles genauso gekommen wäre, wäre es nicht das letzte Mal gewesen, dass ich ihre Worte hören sollte? Ich weiß es nicht. Vielleicht hätte ich mehr gekämpft, weil es nicht nur für mich gewesen wäre. Vielleicht hätte ich nicht einfach hingeschmissen.

Es war seltsam, dass in dem Gefühl der größten Freiheit, sich die schlimmste Erinnerung meines Lebens aus meinen Unterbewusstsein heraus drängte und alle Szenerie hinter eine riesige Leinwand verbannte, auf der der Film dieses einen Tages ablief, ob ich es wollte oder nicht.

9

Ich schnallte mich dennoch ab, stieg aus dem Wagen, ging um ihn herum und öffnete erst den Kofferraum und anschließend den sich darin befindenden Koffer. Ich überflog kurz die Akten und Ordner, stellte zufrieden fest, dass ich tatsächlich nichts vergessen hatte und legte alles an seinen Platz zurück.

Ich sah auf meine Armbanduhr und bemerkte, dass ich verdammt spät dran war. Es waren knapp zwanzig Minuten Fahrt zu meinem Büro und in einer Viertelstunde hatte ich die erste Besprechung. Ich klopfte sicherheitshalber die Taschen meines Jacketts und meiner Hose ab und tatsächlich – an der Stelle, an der sich sonst mein Handy befand, tasteten meine Finger ins Leere. „Fuck!", rief ich laut auf, beugte mich kurz vor das Fenster auf der Fahrerseite des Wagens, fuchtelte meiner Frau eine hektische Geste entgegen und rannte zur Haustür.

Mein Schlüsselbund fiel mir aus der Hand, als ich aufschließen wollte. Ich fluchte erneut. Ich ließ die Tür offen stehen und sprang beinahe schon die Treppe in den ersten Stock hinauf, immer eine Stufe auslassend.

Anschließend durchwühlte ich zuerst das Schlafzimmer, dann das Badezimmer, beides ohne Erfolg. Ich ging die Treppe wieder nach unten und durchsuchte die Jacke, die ich am Tag zuvor getragen hatte. Mir war schon vorher klar, dass ich es dort nicht finden würde, dennoch tat ich es. Ich spürte mit jeder Sekunde, wie sich die Nervosität weiter in mir ausbreitete.

Ich massierte mir mit der rechten Hand die Stirn und legte sie in Falten. Wo könnte ich das Scheißding liegen gelassen haben? Ich hatte es diesen Morgen schon ein dutzend Mal in der Hand gehabt und auch bereits zwei Telefonate geführt. Weit konnte es also nicht sein. Ich kaute, ohne es zu realisieren, einen Fetzen Haut meines linken Daumens ab. Eine Angewohnheit, die meine Frau hasste, vielleicht eine meiner wenigen

Eigenschaften, die sie wirklich störte, die ich mir aber einfach nicht abgewöhnen konnte. Sie war zu tief in meinem Unterbewusstsein vergraben, so dass ich nicht herankam, um sie auszumisten.

Ich ging in die Küche und da lag es. Geradezu provozierend unschuldig lag es auf dem Tisch, neben meiner halb geleerten Kaffeetasse und der Zeitung.

Zehn Sekunden später zog ich die Haustür von außen ins Schloss, zog den Schlüssel ab und ließ ihn in meiner vorderen Hosentasche verschwinden.

Meine Frau startete den Motor, als sie mich kommen sah.

10

Ich schnallte mich an und meine Frau fuhr in der gleichen Sekunde los. Sie schaute erst nach links, dann nach rechts, als sie aus der Ausfahrt rollte und auf die Straße, die sich durch das ganze Viertel zog, in dem wir wohnten. Einmal von links nach rechts, wie mit dem Lineal gezogen. Alles musste nach mindestens gehobener Mittelklasse aussehen, die ihre heile Welt in diesem Vorort vom Moloch der Großstadt, an die sie grenzte, abhob. Zumindest in ihrem Selbstbild. Akkurat getrimmte Hecken, strahlend weiß gestrichene Zäune, als sollten sie an die gebleachte Zahnreihe eines Hollywood-Stars erinnern, ein Auto in der Einfahrt, dessen Größe nicht im Geringsten eine Notwendigkeit darstellte, das einem vielmehr ermöglichte, Freunden zu erzählen, wie geschickt man den Staat um ein paar Tausender beschissen hatte, indem man es als Firmenwagen angab.

Ich hatte mir nie viel aus Autos gemacht. Weder interessierte mich die Technik, noch ihre Außenwirkung sonderlich. Ich verdiente mehr als genug, aber dennoch hatte ich eigentlich nur zwei Ansprüche an einen Wagen: Ich wollte bequem sitzen und so sicher wie möglich sein. Der zweite Wunsch war erst über die Jahre entstanden. Als ich studierte, hatte ich einen wahnsinnig alten Volkswagen gefahren, der zu Zeiten gebaut worden war, als Wörter wie Airbag und ABS noch nicht erfunden waren, ganz zu schweigen von der dazugehörigen Technik. Das Ding fuhr locker 180 Sachen und war so sicher wie ein Bobby-Car. Es war verrückt.

Mittlerweile waren Autos ein einziger Airbag und darüber hinaus steuerten sie sich ja ohnehin fast schon selbst. Damals hätte ich gesagt, dass der Tag kommen würde, an dem man nur noch einsteigen und am Ziel aussteigen müsse. Und er wäre gekommen.

Meine Frau lenkte den Volvo um eine Kurve und hielt an einer Ampel, die gerade von grün auf gelb schaltete, als wir uns ihr näherten. Ich spürte eine leichte Wut auf sie in mir aufkommen. Ich wusste, dass es unfair war, weil es vernünftig gewesen war, stehen zu bleiben. Und gleichzeitig wusste ich, dass ich das Gaspedal auf den Boden des Fußraums getreten hätte und über die

Kreuzung geschossen wäre, wäre ich an ihrer statt am Steuer gesessen. Selbst wenn ich nicht spät dran gewesen wäre.

Als hätte sie meine Gedanken gelesen, legte sie ihre rechte Hand auf meinen Oberschenkel und streichelte ihn sanft. Sie drehte ihren Kopf zu mir und setzte dieses bezaubernde Lächeln auf, mit dem sie mich schon bei unserem ersten Date um den Finger gewickelt hatte. Ein Lächeln, das auch immer ein bisschen „Ich bin dir einen kleinen Schritt voraus" sagte, ohne überheblich daherzukommen. Sie kam mir immer zuvor. Sie hatte es schon von Anfang an verstanden, mich zu lesen und mich zu 'entschärfen', immer verstanden, den richtigen Draht abzuklemmen, bevor der Timer auf null zurück gezählt hatte.

Man neigt ja dazu, rückblickend ein wenig zu romantisieren, ein wenig Schönfärberei zu betreiben, die schönen Momente, oder die schönen Charaktereigenschaften einer Person in Erinnerung zu behalten, während Emotionen wie Trauer, Wut und Enttäuschung im Laufe der Zeit verblassen, oder zumindest schneller verblassen. Aber so war es nicht in diesem Fall. Wir hatten die harmonischste Beziehung, die harmonischste Ehe, die man sich vorstellen konnte. Wir stritten nie. Und immer, wenn ich jemanden hörte, der sagte, dass er eine gesunde Streitkultur mit seiner Frau hatte und das ja auch fruchtbar war, wollte ich ihm entgegnen, dass das absoluter Bullshit war. Ich will damit nicht sagen, dass es schlecht sei zu streiten, lediglich, dass es besser ist, es nicht zu tun. Es nicht tun zu müssen. Es mag trivial klingen -

Ich nahm ihre Hand und drückte sie sanft. Eine Geste ihrerseits und mein Ärger war verflogen. Sie rückte alles in Perspektive. Es war auch letztlich scheißegal, ob ich ein paar Minuten zu spät kam. Ich würde ein paar missbilligende Blicke ernten, die ich bereits kurz darauf wieder vergessen würde. Wozu also aufregen?

„Wann bist du heute Abend zuhause?", fragte sie mich.

„Nicht vor zehn, befürchte ich. Ich bin mit Michael essen. Habe ich dir das nicht gesagt?"

Sie legte ihre Stirn in Falten und sah in Richtung des Daches, als stünde dort die Antwort. Dann nickte sie.

„Doch, stimmt, hast du. Ich hatte nur nicht mehr daran gedacht. Falls ich schon schlafen sollte, weck' mich bitte nicht!" Sie schien in Gedanken schon wieder wo ganz anders zu sein. Ihr Blick fokussierte nichts.

„Kannst du heute Nachmittag meinen Scheiß aus der Reinigung holen? Ich werde die ganze Woche nicht dazu kommen", fragte ich sie, weil es mir eben in den Sinn gesprungen war.

Sie kniff kurz die Augen zusammen und sah mich irritiert an. Dann spulte sie in ihrem Kopf soweit zurück, dass sie noch einmal hören konnte, was ich sie gefragt hatte.

„Ja, klar, kann ich machen."

Ich kramte eine Quittung aus meinem Portemonnaie hervor und legte sie in eine kleine Ablage zwischen den Sitzen.

„Ist alles schon bezahlt", ergänzte ich. „Außerdem -"
Ein lautes Hupen hinter uns unterbrach meinen Satz.
„Oh, es ist grün!", rief meine Frau aus.

Sie schaltete in den ersten Gang und setzte den rechten
Fuß aufs Gaspedal.

11

Es gibt nicht viel, an das ich mich erinnere. Ich weiß
noch, dass mein Kopf herumgeschleudert wurde, wie ein
Boxsack. Von links nach rechts, so dass ich das Gefühl
hatte, er würde mir gleich vom Hals gerissen. Als
könnten alle Muskeln, alle Knochen, alle Haut
unmöglich in der Lage sein, meinen Schädel und den
Rest von mir zusammen zu halten. Und dann noch
dieser Lärm. Als würde innerhalb eines
Sekundenbruchteils die ganze Welt um mich herum
explodieren. Gefolgt von absoluter Stille, für eine Zeit,
die kürzer weilte, als sie es sich anfühlte.
Ich kam relativ unbeschadet aus der Nummer raus.
Körperlich. Ein angebrochener Arm und ein
Schleudertrauma, das war es eigentlich schon. In all
ihrer perfiden Ignoranz ließen mich die Ärzte wissen,
dass ich Glück gehabt hatte. Ich erinnere mich noch
ganz genau an den Wortlaut eines dieser Arschlöcher in
weißen Kitteln. Er kam an mein Bett und sagte, ich
hätte Glück gehabt, eine Weile nachdem ich wieder bei

Bewusstsein war und nur wenige Minuten nachdem ich von einer Schwester erfahren hatte, dass meine Frau den Unfall nicht überlebt hatte. Diese Arroganz, gemischt mit der Abwesenheit jedweder Empathie, die er mir entgegen schleuderte, drückte mich so ins Bett, als läge das Gewicht des Autos, dieses ach so sicheren Autos auf meiner Brust. Aber diese Dreistigkeit ließ mich, der ich schon immer schlagfertig gewesen war, schon in der Schule, wortlos zurück. Er stand vor mir, durch ein paar Papiere blätternd und ließ mich wissen, dass ich Glück gehabt hatte, wenige Stunden, so vermutete ich zumindest, nachdem meine Frau von einer Walze aus Metall zur Unkenntlichkeit zermalmt wurde. Was war Pech für ihn? Und es fiel ihm noch nicht einmal auf. Er plapperte und plapperte weiter vor sich hin, ohne mich auch nur anzusehen, der ich dalag, nicht ans Bett gefesselt, aber außerstande aufzustehen, was sein Glück war, da ich ihm sonst wohl sein beschissenes Klemmbrett so lange auf den Schädel geschlagen hätte, bis von beidem nichts mehr übrig geblieben wäre.

Drei Tage später wurde ich entlassen. Ich weiß noch, was ich dachte, als ich aus dem Taxi stieg, das mich zu unserem Haus gebracht hatte. Meine blutige Kleidung, die ich am Tag des Unfalls getragen hatte in einer Tüte in der rechten Hand, sprang die Erkenntnis in meinen Kopf, dass es eben nicht mehr unser Haus war. Sondern meines. Der Gedanke traf mich mit ähnlicher Gewalt, wie der Lastwagen meine Frau wenige Tage zuvor. Mir wurde körperlich übel und ich spürte wie das Blut in meinen Schläfen im Rhythmus meines Herzschlages pulsierte. Kopfschmerzen überfielen mich von einer auf die andere Sekunde und ich wusste, ohne es zu wissen, dass sie nichts mit dem Schleudertrauma zu tun hatten, das ich erlitten hatte.

Vielmehr schien es, als würde mein ganzer Körper beim Anblick unseres, meines Hauses, meines Zuhauses, meiner Zuflucht, eine Art allergische Reaktion produzieren. Als wüsste er, was auf ihn zukommen würde. Erinnerungen, ein Meer an Erinnerungen, das wie Rasierklingen Wunden verursachen würde und dort, wo bereits Narben waren, diese erneut aufreißen würde. Ein Foto von uns, ein Schal von ihr, selbst eine Werbebroschüre, Jahre später auf ihren Namen ausgestellt, würden genügen, um alles noch mal zu erleben. Im Schnelldurchlauf. Den Tag als solchen und jeden weiteren.

12

Fast auf den Tag genau vier Jahre später, neigte sich der erste Tag abseits von allem dem Ende entgegen. Die Sonne war noch nicht gänzlich untergegangen und man konnte noch problemlos die Hand vor Augen sehen und auch darüber hinaus, aber sie war schon längst hinter den Bäumen verschwunden, kurz davor den Boden zu küssen und mit ihm zu verschmelzen.

Ich nahm einen kleinen Besen und kehrte den Staub aus dem Ofen. Anschließend platzierte ich ein paar Scheite darin und schmiss noch zwei zerknüllte Seiten einer alten Zeitung, die ich auf der Rückbank meines Autos gefunden hatte dazu, so dass das Holz schneller Feuer fangen würde.

Wenig später knisterte das Holz, während Hitze und Flammen über es züngelten und das warme Licht, das durch die Glasscheibe strahlte, hüllte die Hütte in ein Gefühl von Gemütlichkeit. Zufrieden angelte ich mir eine Zigarette aus der angebrochenen Schachtel, die auf dem Tisch lag, entzündete sie und blies den Rauch in den Raum. Niemand um mich, den ich damit stören könnte. Alles hier war meines. Ich konnte machen, was ich wollte. Freiheit konnte so einfach sein, dachte ich mir in diesem Moment und ja – irgendwie stimmte das auch. Und dann wiederum auch nicht. Sie war wie eine kultische Göttin, die ihre Opfer forderte, die Verzicht predigte und Opulenz verströmte, ein Verschwimmen von Genuss und Kargheit, Einsamkeit und orgiastischen Gedankenwelten, die keine Gesellschaft benötigten, um einem alle Pflichten abzustreifen, wie es Stripperinnen taten, wenn sie sich, die, nur von ein paar Knöpfen zusammengehaltenen Hosen vom Körper rissen.

Ich schnippte die Asche in die Tasse und kratzte mich mit der freien Hand am Kinn. Winzige Bartstoppeln kämpften sich aus meiner Haut hervor. Ich würde mich rasieren müssen. Oder auch nicht.

Ich hatte mir mehrere Flaschen Whisky mitgenommen. Mehrere ordentliche und einen besonderen, für den

Fall, dass es etwas zu feiern geben würde. Oder zu betrauern. Bessere jedoch als die, die ich mir oft schon zur Mittagszeit im Büro eingeflößt hatte. Vor allem in den letzten Jahren. Es war schleichend früher am Tag geworden, dass ich den Deckel der Glaskaraffe neben dem Aquarium geöffnet hatte. Anders war die Hektik nicht zu ertragen gewesen. Zumindest nicht für mich. Ich hatte mich nie betrunken, aber eins, zwei, manchmal auch drei Gläser benötigte ich, um den ganzen Wahnsinn auszuhalten, der um mich herum geschah und vor allem den, den ich selbst verantwortete. Ich fand die Flasche und öffnete sie. Ich roch daran. Der Alkohol stieg mir in die Nase, ich konnte spüren, wie er sich den Weg in mein Gehirn bahnte. Es roch himmlisch. Ich kramte ein Glas aus dem Küchenschrank, der kaum diese Bezeichnung verdiente, wischte es flüchtig mit einem Ärmel sauber und schenkte so viel ein, dass es beinahe komplett voll war. Ich hob das Glas in die Luft, als würde ich mit jemand anstoßen.

„Lass es dir schmecken!", rief ich in den leeren Raum und nahm einen großen Schluck. Ich genoss wie sich das wohlige, warme Gefühl in mir auszubreiten begann und schloss die Augen. Die Härchen auf meinen Händen richteten sich auf wie Blumen, die gerade noch rechtzeitig wieder gegossen wurden.

Ich würde anfangen müssen Holz zu hacken. Morgen. Ich brauchte einen Vorrat. Ich brauchte einen großen Vorrat, wenn ich über den Winter kommen wollte. Ich bezweifelte, dass der Schuppen ausreichen würde. Nur wo sollte ich all die Scheite lagern, die ich benötigte? Ich wollte nicht darüber nachdenken. Ich wollte keine Probleme lösen. Zumindest einen einzigen Tag lang nicht. Ich nahm einen weiteren Schluck. Es war mein Beruf gewesen, Probleme zu lösen und vor allem Probleme zu lösen, bevor sie überhaupt entstanden. Ich war es außerordentlich leid. Ich wollte es einfacher haben hier. Morgens aufstehen. Tagsüber ein paar Dinge erledigen, um nicht zu erfrieren und nicht zu verhungern. Und abends auf dem Stuhl sitzen und den Flammen im Ofen zusehen. Vielleicht malen. Das war alles. Das war alles.

Und ja, ich wollte wirklich malen. Als Jugendlicher hatte ich noch großes Vergnügen daran gehabt. Ich konnte stundenlang kleine Zeichnungen skizzieren oder sogar Leinwände bemalen, dabei Musik hören und mich vollkommen entspannen. Und gleichzeitig war es auch ein Ventil gewesen. Ich konnte verarbeiten, was mich beschäftigte, was mich umtrieb, was angesichts meines Alters vielleicht nicht sonderlich spektakulär war, aber dennoch war mir bereits damals bewusst gewesen, dass ich wohl nicht gänzlich untalentiert gewesen war. Ich hatte meine 'Werke' nie im größeren Rahmen präsentiert, oder gar ein künstlerisches Studium oder so etwas ausprobiert, was aber wahrscheinlich nicht daran gescheitert wäre, dass ich nicht gut genug war, sondern vielmehr daran, dass ich mir nicht vorstellen konnte, in meinem Leben irgendetwas mit Kunst zu machen, schien es mir doch zu unstet, zu unsicher, zu weltfremd. Ich wollte Geld verdienen. Also studierte ich etwas

Handfestes, wie es mein Vater genannt hätte. Rechts – und Politikwissenschaften.

Mit meinem Vater war es stets eine schwierige Beziehung gewesen. Zumindest wenn man den Teppich der Oberflächlichkeit ein wenig anhob und genauer betrachtete, was über die Jahre so darunter gekehrt worden war. Wir konnten uns über vieles unterhalten und meistens waren wir einer Meinung. Außerdem konnten wir über die gleichen Dinge lachen. Und das genügte vermutlich, um sich gut zu verstehen. Auf einer Ebene, die nichts verrät über die Essenz der eigenen Wünsche, der eigenen Moral, oder gar dessen, was man über den anderen dachte, wenn man ihn in seinen Gedanken wie einen Fisch filetiert und herausgeschnitten hatte, was übrigblieb, wenn man alles, was man nicht gebrauchen konnte entfernt hatte. Ich musste wieder an den Chirurgen und den Ast denken. Was blieb von einem Menschen, wann man alles von ihm 'gelöst' hatte, was ihn nur verzierte und nur noch seinen Kern betrachtete?

In seinem Kern jedenfalls war mein Vater ein ernster Mann, der viel lachte. Aber das sagte nichts aus. Er war pflichtbewusst, anständig und verlässlich. Und er hatte keinen Sinn für Kunst. Mittlerweile bin ich mir sicher, dass mich seine Art das Leben zu sehen, sehr beeinflusst hat. Ich wäre nicht auf die Idee gekommen, etwas künstlerisches zu verfolgen, zu studieren. Vermutlich hätte er einen Herzinfarkt bekommen, wenn ich es ihm vorgeschlagen hätte. „Willst du später auf der Straße sitzen, mein Junge? Willst du das wirklich? Ich bin nicht ewig hier!", hätte er wohl gesagt.

Ich fragte mich, ob überhaupt jemand nicht von seinen Eltern verhunzt wurde? Es ist unfair, aber manchmal genügen Kleinigkeiten, um einen Heranwachsenden dauerhaft, wenn nicht zu schädigen, dann zumindest für alle Zeiten zu prägen. Ich erinnerte mich daran, als junger Mann Philip Roth gelesen zu haben. In einem Roman, dessen Titel ich vergessen hatte, ergoss er in einem einzigen Monolog seine ganze gescheiterte Existenz über einen Therapeuten. Nur, dass er gar nicht gescheitert war. Er führte ein promiskes Leben, aber, nach bürgerlichen Maßstäben höchst erfolgreiches und dennoch kletterten immer wieder seine Eltern in seinen Kopf, hackten stet wie ein Specht an seiner Verfassung. Und war es noch so sehr die Liebe zu ihrem Sohn, die sie antrieb, war das erste Mal, dass er aufbegehrte, wie ein Entreißen der Ketten für ihn, lange Jahre nachdem er die Volljährigkeit erreicht hatte.

Ich hatte mich sofort mit dem Protagonisten identifizieren können. Zunächst war es mir ähnlich ergangen, vielleicht war es auch schlicht jedem so ergangen, vielleicht war es das Schicksal eines jeden Kindes, den erbarmungslos hellen Scheinwerfer, den die eigenen Eltern auf einen richteten, auszuhalten, die Hand vor Augen, dem blendenden Strahl entgegen schreiend, dass man sowohl verstanden hatte, als auch zu verlauten, dass man nicht wie sie sei und all die Belehrungen, all die Besserwisserei, begründet mit der Weisheit des Alters, leid sei.

Überhaupt, warum richtete die Brut eigentlich so selten den Scheinwerfer auf die eigenen Eltern? Es war eine gesellschaftliche Einbahnstraße. Erst wenn der Vater die Familie verlassen hatte, oder die Mutter dem Alkohol verfiel und das Kind vernachlässigte, war es akzeptiert den Finger zu heben. All die kleinen Demütigungen, ob gewollt oder nicht, waren hinzunehmen, es schickte sich nicht, ohne offensichtlichen Grund zu rebellieren.

Der Spross studierte Kunst, wurde mit mildem Lächeln quittiert, bei den Damen, mit denen man sich zum Kaffee traf, zwar lobend herausgehoben, aber eigentlich missbilligt. Zeigte man ihnen ein paar Sachen, die man gemalt, oder gebildhauert hatte, oder sonst etwas, war der Stolz und die Begeisterung groß und durch die Hintertür wurde viel später gefragt, ob man denn auch schon etwas davon verkauft hatte.

Warum um alles in der Welt, ließ sich dieser Scheinwerfer nicht drehen, nicht einmal sie auf der Bühne Rede und Antwortet stehen? Alle Eltern dieser Welt waren einmal Kinder ihrer Eltern gewesen. Und doch gerierten sie sich als Wesen, die aller Kritik erhaben waren, alle Weisheit und alle Souveränität für sich beanspruchten, obwohl sie nur ein paar Jahre länger durch die Welt gestolpert waren, als man selbst, nicht wirklich mehr erreicht hatten, als ein erträgliches Auskommen als Knecht von wem auch immer zu erwirtschaften, was sie scheinbar dazu berechtigte des eigenen, selbst gewählten Verzichts wegen, wie ein Schülerlotse den Verkehr des Lebens ihres Kindes kontrollieren zu dürfen. Was berechtigte sie dazu? Was berechtigte sie dazu, sich derart aufzuspielen? Und ich war mir sicher, dass dies die meisten, wenn nicht alle Eltern taten. Mehr oder weniger offensichtlich.

Vielleicht empfand auch nur ich so, wie ich so auf meinem Hocker vor dem Tisch und dem Ofen und ohne jemand um mich herum in meiner Hütte saß.

Ich war gut behütet aufgewachsen, mit Eltern, die Reichtum noch nicht mal aus der Entfernung riechen konnten, aber es hatte auch nie an etwas gefehlt, von Selbsterkenntnis mal abgesehen. Beamtenhaushalt. Sicher, beständig, verlässlich. Es war ein Cliché, aber so war es gewesen. Es fehlte nur noch, dass ich mich in einen Käfer verwandelte, aber eigentlich war es umgekehrt, wandelte ich mich eher von einem Käfer zu jemand, der dazugehörte.

Ich war stets gut gewesen in der Schule, mir fiel die Mathematik leicht, mich interessierte Politik, diskutieren konnte ich wortgewaltig und stringent, selbst im Sportunterricht war ich einer der besten, wenn auch nicht herausragend. Zudem sah ich auch noch ziemlich gut aus. Gerade, weiße Zähne, die braunen Haare meistens zu einem Seitenscheitel gekämmt, schlank bis athletisch und nicht zu klein. Ich hätte die meisten Mädchen meiner Schule haben können. Es war mir schon damals bewusst gewesen. Und doch verlor ich meine Jungfräulichkeit tatsächlich erst an der Universität. Anfang zwanzig dürfte ich gewesen sein. Ich hatte mir schlicht nicht zu viel aus Frauen gemacht, als ich noch ein Teenager war. Ich nahm sie natürlich zur Kenntnis, und es war auch nicht so, dass sich nichts in mir regte, ganz im Gegenteil, wie oft sich während der täglichen Dusche oder alleine im Bett vor dem Einschlafen oder nach dem Aufwachen etwas regte, wäre nichts gewesen, was man zu Familienfeiern erzählen würde, aber ich hasste es auf Dates zu gehen. Überhaupt hatte ich meine Gedanken einfach nicht bei den Gelüsten, die das andere Geschlecht verströmte. Mit sechzehn trat ich in die Partei ein, die mir später zwar nicht direkt Arbeitgeber, doch zumindest verantwortlich für das Geld das ich verdiente, sein sollte. Ich war freiwillig in einem Kurs für kreatives Schreiben, der sich mit Kurzgeschichten beschäftigte und schrieb eine, meiner Meinung nach durchaus gelungene Parabel über einen kleinen indischen Jungen in New York. Ich las viel. Unglaublich viel eigentlich. Ich mutete mir dicke Wälzer von russischen Schriftstellern zu, wie Tolstoi oder Dostojewski. Ich hatte schlicht keine Zeit für ein Mädel. Ich dachte mir damals bereits, dass die Zeit dafür kommen würde, aber dass es unsinnig war, mich im Alter von sechzehn zu verlieben. Es würde ohnehin nicht halten, es würde ohnehin nichts bleiben, außer einem Gedanken zwanzig Jahre später, der nach dem dritten Wein in einem Gespräch mit Freunden über die erste Liebe aufblitzen würde. Weitere fünfzig Jahre später würde man die Zeitung aufschlagen und ihre Todesanzeige lesen. Ein letztes Mal würde sie dann eine Rolle spielen, die erste Liebe, die doch immer und grundsätzlich belanglos bleiben musste, auf dem Gemälde des eigenen Lebens keinen Platz einnehmen durfte und würde, vielleicht als Diener, der den Wein nachschenkte, aber stets überschattet von der letzten Liebe, die immer im Zentrum des goldenen Schnitts stand, die, die immer bleiben würde, die unter Tränen den eigenen Sargdeckel zuklappen und mit einer kleinen Schaufel, im Zuge dieser unsäglichen Sitte, einen Haufen Erde auf das Grab schmeißen würde.

Wer war dagegen die erste Liebe? Ein Nichts! Eine Randnotiz der eigenen Geschichte. Selbst an das Gesicht erinnerte man sich irgendwann nicht mehr. Dagewesen, verblasst und vergessen.

13

Ich lauschte dem Knistern des Feuers, ohne in Gedanken bei mir gewesen zu sein. Immer wieder kehrte ich in die Vergangenheit zurück und spielte in dem Film in meinem Kopf mein junges Ich. Erst ein lautes Knacken aus dem Ofen holte mich zurück in die Hütte. Ich blinzelte und sah mich im Raum um. Das Feuer legte ihn in wechselnde Lichtverhältnisse. Die Kisten, die scheinbar wahllos im Raum standen, das schmale Bett in der Ecke, mit seinen hölzernen Pfosten und der vermutlich unbequemen Matratze, die bereits Ewigkeiten unbenutzt vor sich hin gelegen hatte, die kleine Küchenzeile. Ich gähnte, warf eine Zigarette in die Tasse und stand auf um mir noch ein Glas Whisky nachzuschenken.

Ich spürte wie die Müdigkeit über mich schwappte. Nicht so wirklich ein körperliches Erschöpft-sein, als ein tiefer sitzendes, zufriedenes, mattes Gefühl, das meine Beine kraftlos werden und meinen Kopf träge auf meinem Hals sitzen ließ.

Ich nippte an dem Glas. Es war nicht so, als hauchte mir der Schluck neue Energie ein, vielmehr das Gegenteil, ich sank auf den Stuhl zurück und atmete erschöpft durch, als hätte ich gerade einen Sprint hinter mir.

Ich überlegte, was ich mit dem nächsten Tag anfangen sollte. Ich würde die Kisten ausräumen und hoffentlich einen Platz für alles in der kleinen Hütte finden. Vielleicht auch schon damit beginnen Holz zu schlagen, so dass ich im nahenden Winter nicht erfrieren würde. Und ich wollte den Fluss finden. Den, den ich am Nachmittag nur gehört hatte, aber von der Anhöhe aus nicht ausmachen konnte. Überhaupt. Wasser! Der Makler hatte von einem Brunnen erzählt, der sich unweit von hier befinden würde. Ich hatte die Unterlagen über das Grundstück mitgenommen, auch diese würde ich studieren müssen. Erfrieren war mein erster Gedanke gewesen, auch wenn verdursten der deutlich näherliegende gewesen wäre. Wahrscheinlich war es schlicht etwas, über das sich jemand, der zeitlebens in der westlichen Welt gelebt hat, nie Gedanken gemacht hatte. Im Winter war auch mir kalt, auch wenn ich nicht erfrieren konnte, war Kälte doch etwas reales, etwas erlebbares für mich, im Gegensatz zu Durst. Ich hatte Durst, ich trank etwas. Fertig. Das war's. An jeder Ecke konnte man etwas zu trinken kaufen, kein Mensch verdurstete hier. Niemand machte sich darüber Gedanken. Aber jetzt musste ich es. Ich hatte noch ein paar Flaschen Wasser dabei, genug für die nächsten Tage, die ich allerdings hauptsächlich mitgenommen hatte um die Flaschen weiter zu verwenden, um Behältnisse für das Wasser aus dem Brunnen zu haben.

Es war ein so seltsamer Gedanke. Ich dachte darüber nach, Wasser zu haben. Ich glaube nicht, dass ich diesen Gedanken jemals in meinem Leben gehabt hatte. Irgendwie fühlte es sich gut an, sich ganz ursprünglich mit den einfachsten Bedürfnissen der menschlichen Existenz konfrontiert zu sehen, etwas, dass ich nie hatte und doch war es auch ein wenig beängstigend. Ich hatte mich dazu entschlossen, alles hinter mir zu lassen und ich konnte die Freiheit beinahe schmecken, die sich um mich herum ausbreitete und doch konnte ich gleichzeitig die Gefahr spüren, die von ihr ausging, die Gefahr, dass sie mich verschlingen würde.

Wieder ertappte ich mich dabei, dass mein Blick mein linkes Handgelenk abtastete. Ich war erschöpft, aber nicht müde und es gab keinen Zeitpunkt mehr, zu dem es sich schickte, schlafen zu gehen. Ich beschloss jedoch kein weiteres Scheit nachzulegen, sondern das Feuer langsam vergehen zu lassen. Ich erhob mich von dem Stuhl, auf dem ich den ganzen Abend gesessen hatte, ohne wirklich etwas getan zu haben, als zu trinken und zu rauchen. Und nachzudenken. Etwas zu dem ich in meiner hektischen Vergangenheit, in denen Momente lediglich an mir vorbeigerauscht waren, um vom nächsten abgelöst zu werden, als blätterte man ein Daumenkino durch, nie gekommen war. Jedes einzelne Bild verschwand sofort, nachdem die nächste Seite es überdeckte. Man konnte nicht anhalten und es genauer betrachten. Einordnen, was passiert war, was es abbildete, was es für einen bedeutete, was es mit einem machte. Die Hektik fraß die Erinnerungen auf, oder vielmehr die eigene Fähigkeit mit ihnen umzugehen, sie zu verarbeiten, als baumelte man wie eine skelettierte Leiche an einem Galgen und wippte unberührt im Wind hin und her.

All die Tage im Büro, all die Stunden im Flugzeug oder im Auto, mir selbst Sklave im Versuch voranzukommen, Ziele zu erreichen, die mir wie dem Esel die Karotte vor der Nase baumelten. Ich war getrieben gewesen, ohne genau zu wissen wovon. Ich fühlte mich als hätte ich jahrelang die Luft angehalten und würde gerade das erste Mal wieder atmen, als würde ich gierig nach Luft schnappen, wie jemand der kurz vor dem Ertrinken die Wasseroberfläche erreichte.

Und doch war mein Puls ganz ruhig. Ich strich mir mit den Händen über die Hose und spürte einen leichten Schmerz an der Stelle, an der am Mittag noch ein Fingernagel gewesen war und nun nur ein Pflaster. Und der restliche Finger. Wie lange es wohl dauerte, bis der Nagel nachwachsen würde? Vor ein paar Tagen hätte ich die Antwort gegoogelt. Nun musste ich mich damit zufriedengeben, sie erst nach dem Ablauf einer unbestimmten Zeit zu erfahren. Das Fehlen moderner Technik, moderner Kommunikation würde mir ein

Neuerlernen von Geduld abfordern. Etwas, dass ich völlig verlernt hatte. Alles, was nicht optimal effizient geschah, war Zeitverschwendung gewesen. Auch dieses Wort verlor hier seine Bedeutung, oder vielmehr veränderte sie sich, transformierte sich in etwas, das sich dem Begriff 'Verschwendung' entriss, weil die Zeit sich nicht mehr biegen lassen wollte hier, nicht mehr auswringen, wie ein nasses Handtuch, selbst wenn es stets Einbildung gewesen war. Hier stand sie stramm wie eine griechische Statue und ließ sich keinen Zentimeter bewegen, während sie einen unbarmherzig gerecht musterte. Am Tag schien die Sonne auf sie, nachts lag sie im Schatten. Das war alles. Keine zerstückelten Fragmente mehr. Nur noch diese eine Statue, die sich nicht verschwenden ließ.

Dieser Satz, den ich damals gesagt hatte: „Ich brauche dich gestern hier, Michael!"; Ich musste an ihn denken und schmunzeln. Selbstredend eine gedankenlose Überzeichnung, aber rückblickend eine perfekte Zusammenfassung meiner Selbst, der Art wie ich dachte, wie ich lebte oder eher wie ich nicht lebte.

Ich zog meine Hose aus und warf sie über die Lehne des Stuhls. Ich legte mich in das schmale Bett, zog die Decke über mich und blickte auf die Holzstrebe über mir. Karg und schweigsam. So wie alles hier draußen. Ich hoffte, dass mir diese Kargheit nicht die Hände um den Hals legen würde sondern meine Flucht irgendwann keine Flucht mehr sein, sondern ein erschöpftes Ankommen bei mir selbst, meine Identität

Ich selbst sein würde. Ich hoffte, dass ich mich nicht selbst betrog.

14

Michael hatte es tatsächlich irgendwie geschafft am nächsten Morgen noch vor zehn Uhr in meinem Büro zu stehen. Als erstes stellte er seine Tasche ab, als zweites schenkte er sich ein volles Glas Wodka ein und sah mich fragend an. Ich schüttelte den Kopf. Ich konnte nicht schon so früh am Morgen mit dem Saufen anfangen. Nicht an diesem Tag zumindest. Michael konnte es und vermutlich musste er es. Die Momente, in denen ich ihn nüchtern erlebt hatte, konnte ich an einer Hand abzählen. Es schien seinen Verstand aber nicht zu beeinflussen. Eher im positiven, der Alkohol war das Benzin für seinen Motor. Das würde vermutlich nicht für immer so bleiben. Ziemlich sicher nicht. Aber was scherte mich das? Er funktionierte besser, wenn er leicht einen sitzen hatte, das war was zählte.
Ich stand auf und gab ihm die Hand. Er drückte sie und umarmte mich flüchtig.
„Schön, dich zu sehen!", sagte er. Ich ging nicht weiter darauf ein, sondern griff nach ein paar Seiten Papier auf meinem Schreibtisch und hielt sie ihm auffordernd entgegen. Er riss sie mir förmlich aus der Hand. Danach setzte ich mich wieder auf meinen Stuhl und wartete während er den Text überflog. Er konnte es unmöglich

komplett lesen, gemessen an der Geschwindigkeit, in der er umblätterte. Gedankenverloren nahm er hier und da einen Schluck aus seinem Glas. Wodka pur, zehn Uhr morgens. Ich fühlte mich beinahe auch schon angetrunken, nur dadurch, dass ich ihm dabei zusah.

Als er ein paar Minuten später fertig war, ließ er sich auf einen Sessel fallen, der neben einem kleinen Glastisch gegenüber meines Schreibtisches stand und sah mich stirnrunzelnd an. Er spielte mit der freien Hand an seiner linken Augenbraue herum, etwas, das er häufiger tat, wenn er nachdachte.

„Hat sie sich schon gemeldet?", fragte er mich schließlich nach einer Weile.

„Ich hab' ihr zwei Nachrichten auf dem Anrufbeantworter hinterlassen. Sie hat mir daraufhin geschrieben, dass sie den ganzen Tag Auftritte hat und mich heute Abend zurückrufen will!"

„Ist die wahnsinnig? Ist der blöden Kuh nicht klar, dass ihr gerade der Stuhl unter ihrem Arsch weggesprengt wird?"

„Ich bin mir ziemlich sicher, dass sie das weiß. Jedenfalls haben wir so den ganzen Tag Zeit, einen Plan zu entwickeln, wie wir damit umgehen. Ich vermute-"

Das Telefon klingelte. Ich bedeutete Michael mit einer Geste, dass er sich kurz gedulden musste. Er nutzte die Chance und näherte sich erneut dem Wodka. Ich schnippte ihm mit den Fingern entgegen, während ich mit der anderen Hand den Hörer abnahm und sah ihn möglichst entgeistert an. Er hielt meinem Blick einen

Moment stand, winkte schmunzelnd ab und schenkte sich nach.

Am anderen Ende war Sarah. Sarahs Berufsbeschreibung war recht einfach: Sie war ein trojanisches Pferd. Ihre Informationen waren schon oft genug Gold wert gewesen. Sie half uns hier und da einen Schritt voraus zu sein. Es war letztlich nichts anderes, als ein modernes Schachspiel. Man spielte zwar mit den Leben echter Menschen, anstatt mit ein paar Figuren aus Holz oder Plastik, aber im Prinzip war es dasselbe. Vorausdenken. Abschätzen, wie der Gegner darauf reagieren könnte und so weiter.

„Ja?", rief ich in den Hörer, nachdem Sarah das Gespräch scheinbar nicht eröffnen wollte.

„Hör zu!", zischte sie in den Hörer. „Sie ist verdammt sauer. Und das ist noch eine Untertreibung. Sie will wissen, wer das ausgraben hat, sie will wissen, wer Scheiße gebaut hat und sie will einen Plan von dir, und zwar heute noch!"

„Hast du etwa mit ihr telefoniert? Mir hat sie nur geschrieben!" Ich war etwas verwirrt.

„Ja, wir haben gesprochen. Aber nur kurz. Ich muss auch gleich wieder in eine Sitzung. Nur so viel: Soweit ich informiert bin, haben sie keinen blassen Schimmer. Hier ist alles wie immer. Kein Wort darüber. Es ist hektisch hier, aber es ist Wahlkampf.

Aber wenn du meine ehrliche Meinung wissen willst-"

„Eigentlich nicht!"

Sie lachte.

„Ich bezweifele, dass du das zwei Wochen geheim halten kannst. Irgendjemand, der etwas weiß, kann einen beschissenen Mount Everest an Kohle einstreichen, wenn er das jemandem steckt. Und ich bin mir sicher, dass es mehr wissen, als wir abschätzen können! Wie gesagt: Der Feind weiß noch nichts. Aber das kann sich schnell ändern."

Ich warf Michael einen Blick zu. Er hatte sich wieder auf dem Sessel niedergelassen, nippte an seinem Glas. Immerhin nippte er nur noch daran und schüttete es nicht herunter wie ein Verdurstender Wasser. Er blätterte erneut durch den Bericht, den ich ihm gegeben hatte.

„Ich weiß, ich weiß! Ruf mich heute Nachmittag noch mal an, dann weiß ich mehr. Und du hoffentlich auch!" Ohne eine Höflichkeitsfloskel legte ich auf.

„Und?", fragte Michael?

„Nichts Neues! Außer, dass sie ziemlich aufgescheucht ist. Aber das ist auch nicht verwunderlich."

„Gibt es noch Dokumente, also handfeste Beweise, die wir vorliegen haben?", gefolgt von einem weiteren Schluck.

„Sind im Anflug!", entgegnete ich.

„Gut." Er zog seine Schuhe aus, legte die Füße auf den Tisch und sah mich auffordernd an.

15

Als ich am nächsten Morgen erwachte, schoss mir zunächst der letzte Gedanke, den ich hatte, bevor ich eingeschlafen war, in den Kopf.

„Was, wenn ich mich betrüge?"

Es war Angst! Schlicht und einfach. Angst davor verrückt geworden zu sein. Angst davor, nicht vor allem um mich herum geflohen zu sein, sondern vor mir selbst. Meine Existenz war nicht zusammengebrochen, sondern ich hatte sie eingerissen. Mutwillig.

Ich hatte noch nicht einmal das Haus ausgeräumt. Ich hatte nicht das Telefon gekündigt, oder den Strom abbestellt. Das Bett stand nutzlos im Schlafzimmer, das Regal im Wohnzimmer, voll mit Büchern, die ich größtenteils nicht gelesen habe, verwandelte sich in ein Relikt, einen Gegenstand, dem als letzte Aufgabe verblieb, schweigend Staub auf sich niedersinken zu lassen.

Ein paar hatte ich mitgenommen. Ich wusste noch nicht einmal welche. Ich hatte wahllos ein paar herausgezogen und in einen der Kartons geschmissen, in weiser Voraussicht, dass es einsame Abende geben würde. Abende, an denen die Einsamkeit in mich krabbeln würde und sich einnisten würde, tief in meinem Bewusstsein, dorthin, wo man ohne Hilfe nicht gelangen konnte. Ein Buch war Gesellschaft. Es sprach mit einem und vielleicht würde es der einfachste Weg sein, vielleicht nicht die Einsamkeit, aber zumindest das Alleinsein aufzufangen. Ich musste an eine Person denken, die aus einem brennenden Haus sprang und in einem von der Feuerwehr aufgespanntem Tuch sanft landete. Nur Alleinsein war nicht heiß, es waren keine Flammen die in einem um sich schlugen, vielmehr eine unerbittliche Kälte, die einen zur Bewegungslosigkeit gefror und nichts von einem übrig ließ, als eine Hülle, für immer auf dem selben Stuhl sitzend, konserviert, mit aufgerissenen Augen, die noch sahen, aber nicht mehr verstanden.

„Was, wenn ich mich betrüge?"

Von der Sekunde meiner Geburt, bis zum Moment meiner Ankunft hier, war ich stets unter Menschen gewesen. Jeden einzelnen Tag meines Lebens. Es war ein grotesker Gedanke. Jeden einzelnen Tag. Es war immer jemand da gewesen. Und ich hatte danach gelechzt, danach gegiert Menschen um mich zu haben. Mit ihnen zu reden, zu lachen, zu streiten. Es ging nie um Liebe. Auch mit meiner Frau nicht. Nicht am Anfang. Ich hatte nie das Verlangen verspürt geliebt zu werden. Was ein hohler und vergänglicher Begriff! Flüchtig wie Schaum auf einer Welle. Auf Liebe hatte ich es nie angelegt. Aber schon als Kind hatte ich es gehasst, alleine zu sein. Ich erinnerte mich noch an einen Nachbarsjungen von mäßigem Verstand. Zu dieser Einschätzung war ich bereits mit zehn Jahren in all meiner Hybris gelangt, auch wenn ich rückblickend zugeben muss, dass der Knabe, der ich damals war, zwar von nichts eine Ahnung gehabt hatte, aber tatsächlich Recht behalten sollte. Wir spielten häufig miteinander an den Nachmittagen nach der Schule. Nicht, weil wir viel gemein hatten oder uns auf der Ebene einer ernsthaften Freundschaft mochten, und ich glaube, ihm ging es nicht anders als mir, sondern vielmehr, weil er da war. Und ich da war. Verfügbar. Verfügbar, um eine Rolle in einander Leben zu spielen, zumindest für den Zeitraum von ein paar Jahren.

Es war immer noch besser, als alleine zuhause zu sitzen, hatte ich mir gedacht. Ich hasste es mich mit mir selbst zu beschäftigen. Es war so viel einfacher, sich mit anderen zu beschäftigen. Man konnte die Arbeit aufteilen. Die Arbeit Zeit verbringen zu müssen. Denn, womit auch immer, verbringen musste man sie.

Ich war mir bewusst, allein des Überlebens Willen Zeit verbringen zu müssen hier. Zeit darauf verwenden zu müssen, nicht zu erfrieren, nicht zu verdursten und nicht zu verhungern. Ganz anders, als während all der Zeit, die hinter mir lag. Wobei diese Feststellung so eigentlich gar nicht zutraf. Ich hatte zwar nicht direkt körperlich etwas dafür tun müssen, es warm zu haben, oder für einen vollen Kühlschrank und dafür, den Wasserhahn aufdrehen zu können, aber ich hatte mit der gleichen Münze, wenn sie auch in anderer Gestalt in meiner Tasche lag, für mein Überleben zahlen müssen, mit der der Mensch seit Anbeginn seiner Existenz für sein individuelles Überleben zahlte: Zeit!

Ich hatte gearbeitet, Stunden dort verbracht, wo ich mir eingeredet hatte, essentiell gewesen zu sein, meiner Existenz Sinn zu geben, Gutes bewirkt zu haben, für mehr als mich selbst, aber was war es letztlich gewesen, als ein wertlos entschädigtes Fernbleiben von all den Momenten, die ich, wenn ich tief in mir grub, viel lieber verleben hätte wollen. Und diese Entbehrung, im Sinne, dass ich nicht tat, was mir Wunsch war, wurde mit fiktivem Wert entlohnt, der mir tatsächlichen sicherte: Ein Dach, Wasser, Essen.

Darauf konnte man es ohnehin immer herunterbrechen. Man tat etwas, das nicht das Liebste war, was man in dieser Sekunde tun wollte und sicherte mit diesem Verzicht sein Überleben. Ob es der Urmensch war, der jagte, sammelte, der Mensch, der Vieh zu züchten begann und so weiter. Irgendwann im Lauf der Zeit wurde der Prozess Arbeit genannt und als solcher als elementarer Bestandteil der menschlichen Existenz akzeptiert. Und doch, wenn ich ehrlich war, vor allem ehrlich zu mir selbst, ehrlicher als ich es üblicherweise war, vielleicht auch weil es notwendig war, gegenüber dem kleinen nervigen, weil immer wieder Fragen stellenden Geist, der jedem innewohnte, sich selbst zu erhöhen, über das, was man nackt war, war mir meine Arbeit auch stets Statussymbol gewesen.

Fabrikarbeiter zu sein, hätte ich stets mit einer gewissen Verschämtheit bekennen müssen. Meine Arbeit war mit Anerkennung verbunden, mit Prestige. Nie hätte ich sie als etwas betrachtet, und Gott bewahre, sie als etwas bezeichnet, dass mir das Überleben sicherte. Viel zu profan und austauschbar wäre nicht nur sie mir, sondern auch ich mir vorgekommen. Wenn es doch nur ein Konstrukt wäre, dass einer bestimmten Person das Überleben sicherte, egal ob gut oder schlecht, so lange ausreichend, wäre auch ich zur unendlichen Unwichtigkeit reduziert und austauschbar, wie die Farbe einer Tapete, die man einfach überstrich, wenn man ihrer überdrüssig wurde. Ersetzbar, jeden individuellen Elements beraubt, wäre meine Existenz, meine mir selbst vorgegaukelte Bestimmung, der einer Maschine nahe-, wenn nicht gleich und ich müsste mich fragen, wer ich eigentlich war.

„Was wenn ich mich betrüge?"

Und was, wenn ich mich nicht betrog, sondern mich immer betrogen habe? Wenn alles Streben falsch gewesen ist, wenn alle Entbehrung, aller Verzicht zu nichts geführt hat? Wenn ich all mein Leben falschen Geistern nachgejagt war? Ich lag in einem kleinen Bett, in dem ich mich nicht mal der Länge nach ausstrecken konnte. In meinem Alter! Mit all meinen Qualifikationen! Mit allem, dem ich entsagt hatte, um jemand zu werden, der ich gewesen war und bereits am ersten Morgen in dieser Hütte nicht mehr zu sein vermutete, als wäre ich durch ihre Tür in eine andere Dimension geschritten. Draußen gurrte eine Taube mit dem hektischen Gezeter einiger Spatzen um die Wette. Das war nun alles um mich herum, alles mit dem ich interagierte.

Es war nicht ruhig um mich herum. Die Natur war lauter, als ich es mir vorgestellt hatte. Aber ich war ruhig. Das war der Kern. Man konnte überall Ruhe finden, wo man selbst ruhig war. Neben einer Landebahn sitzend, auf der ständig Flugzeuge unter tosendem Lärm landeten, in einer Bar, in der dutzende Stimmen durcheinander plapperten und lachten, oder an einem einsamen Strand, wo das einzige Geräusch das konstante Heranrauschen kleiner Wellen war. Nur wenn man Teil von Hektik war, konnte sie einen zu fassen bekommen und herum schubsen, wie es Außenseitern in der Schule widerfuhr. Ausbrechen war auch immer Auflehnung. Ob als kleiner Junge, oder als erwachsener Mann, dessen Sporen schon längst im Sand lagen, weit zurück auf dem Weg seiner Reise.

Dieses endlose Blinken des Telefons, oder noch schlimmer, dieses endlose Klingeln. Ja, vor allem das. Ich hatte es gespürt, vor allem in den letzten Wochen, bevor ich es nicht mehr ertragen habe. Körperlich gespürt. Ich saß über einem Stapel Papiere und plötzlich schnitt dieses Geräusch den Raum entzwei. Ich spürte wie sich mein Puls beschleunigte, wie sich Muskeln anspannten und meine Augen das Gerät fokussierten. Jeder Anruf war wie ein Anruf, den man nachts um drei Uhr erhielt, und von dem man wusste, dass er nur schlechte Nachrichten bringen konnte, da niemand gute mitten in der Nacht erzählte.

Überhaupt, all diese Geschwindigkeit war mir zu viel geworden. Es war der blanke Irrsinn! Durch jeden Looping schoss man schneller durch, als durch den zuvor, wurde herumgeschleudert, in den Sitz gepresst und sah doch den nächsten schon kommen. Ich sah ihn kommen und spannte meinen ganzen Körper bereits an, bevor der Wagen sich auch nur das erste bisschen aus der Waagrechten gelöst hatte.

Verständnis war immer nur eine hohle Voraussetzung, alleine nutzlos, immer nur ein Steigbügelhalter der Handlung. Alleine das Verstehen der eigenen Existenz, des eigenen Alltags, all der Menschen, um einen herum, all der Geschichten, die sich um einen herum ereigneten, mit unterschiedlichem Zutun eines Selbst, all das war wertlos. Es war wertlos, solange es nicht mit der Tat verknüpft wurde. Die Kenntnis der eigenen Unzulänglichkeit, des Entsetzens, des eigenen Scheiterns in einer Welt, die nichts als Scheitern ermöglichte, spätestens mit dem Ende, endete alles, was der menschliche Verstand in der Lage war zu erfassen und immer zu erfassen im Stande sein wird, war unnütz ohne Konsequenz, ohne Schluss. Ein tieferes Verkriechen in den Panzer, konnte nur zu weiterer Vereinsamung, weiterem Schmerz und weiterem Elend führen, oder gar den Wunsch befruchten, all dies hinter sich lassen zu wollen, während ich in diesem Moment, in dem ich mir, wenige Minuten, nachdem ich aufgewacht war, meinen abgerissenen Nagel betrachtend, dachte, dass es mir gelungen war, den Panzer zu sprengen.

Ich irrte ohne falsch zu liegen.

Wir lebten also im Widerspruch von actio und cogitatio. Wir lebten gegen unser Wollen, unsere

Wünsche und unsere Moral. Wir handelten gegen uns selbst an. So schoss es mir zumindest an diesem Morgen in den Sinn, ohne, dass ich etwas dafürkonnte.

16

Ich erwachte erneut. Ich hatte zwar nicht geschlafen, aber ja, beinahe fantasiert hatte ich. Ich sah auf meine Füße. Sockenlos hingen sie am Ende meiner Beine. Fünf Zehen an jedem. Ein paar Haare kräuselten sich auf jedem. Dem rechten sah man den Zusammenstoß mit dem Stein am Tag zuvor nicht an. Meine Nägel waren etwas zu lang. Ich würde sie schneiden müssen. Ich hatte die Vermutung, dass ich auf meine Füße aufpassen würde müssen hier draußen. Ich war abhängig von ihnen. Niemand würde mich im Rollstuhl zum Brunnen fahren. Vermutlich würde ich generell ziemlich gut auf mich aufpassen müssen. Aufpassen, nicht krank zu werden, mich nicht zu verletzen. Der abgerissene Fingernagel sollte mir eine Warnung sein.
Mein Blick schweifte durch den Raum. Der Tisch hatte die Nacht überstanden. Auf ihm stand das Glas. Ein letzter Schluck Whisky war noch in ihm. Ich trank den letzten Schluck nie. Bei Kaffee nicht. Und auch nicht bei Whisky. Ich konnte noch nicht einmal begründen, warum. Daneben die Tasse, die ich zum Aschenbecher umfunktioniert hatte. Sonnenstrahlen brachen durch das Fenster und Staub tanzte durch den Lichtkegel.

Es musste noch recht früh am Morgen sein. Ich dachte über den vor mir liegenden Tag nach. Im Grunde genommen konnte ich mit ihm anfangen, was ich wollte. Ein eigentümlicher Gedanke. Klar hatte ich auch früher Sonntage gehabt. Oder Feiertage, an denen es letztlich auch nicht anders gewesen war. Aber es fühlte sich anders an. Vielleicht weil der Freiheit die Endlichkeit abging, die einem Wochenende innewohnte. Es ist eben ein Unterschied, ob man in einem kleinen See badet oder im Meer, um welches herum das Nichts den Horizont strich.

Ich wollte aufstehen. Und irgendwie auch nicht. Ich hatte Hunger. Ich hatte Durst. Aber die Decke zur Seite schlagen und die Beine von der Matratze, welche genauso unbequem war, wie sie aussah, forderte schier unermessliche Kraft von mir. Wann hatte ich mich zuletzt bewegt?

Ein Rascheln nahe dem Fenster. Etwas bewegte sich im hohen Gras. Ich konnte jedoch nichts sehen, außer ein paar Bäume und ein Eichhörnchen, das an einem heraufkletterte. Es erinnerte mich daran, dass ich eigentlich Holz schlagen wollte. Ich sollte die nächste Zeit an jedem Tag den Vorrat für zwei schlagen, dann müsste ich durch den Winter kommen, so meine Überlegung.

Aber viel wichtiger würde es sein, den Brunnen zu finden.

Unbestimmte Zeit später zwang ich mich tatsächlich aus meinem Bett. Ich schmiss ein paar Scheite in die verrußte Öffnung des Herdes. Es gelang mir, das Feuer zu entzünden und Wasser in der blechernen Teekanne zu erhitzen. Ich goss es über braunes Pulver und hatte danach so etwas wie Kaffee in meiner Tasse. Ich nippte daran mit mäßigem Genuss und fuhr mir mit der rechten Hand durch die Haare, so dass sie mir nicht mehr in die Stirn hingen. Ich trug immer noch nur ein weißes Shirt. Sonst nichts. Auch Nacktheit spielte keine Rolle hier. Dem Eichhörnchen war es egal, wenn es meinen Penis oder meinen Hintern sah. Auch wenn es schon längst in der Anonymität des Waldes verschwunden war. Ich konnte so obszön sein, wie ich wollte, auch wenn ich keinerlei Ambitionen diesbezüglich hatte.

Der Kaffee tat gut, auch wenn er schrecklich schmeckte. Ich spürte das Verlangen nach einer Zigarette, wollte aber nicht so früh am Tag damit beginnen, sondern sie mir stattdessen als Belohnung aufheben. Ich stellte die Tasse auf dem Tisch ab und schnappte mir einen der Kartons. Er war voll mit abgepackten Nudeln aller Art. Ich beschloss sie nicht auszupacken, sondern schob sie stattdessen in eine Ecke und griff nach dem nächsten. Kleidung. Größtenteils. Ich schmiss sie unsortiert in etwas, das vermutlich einen Kleiderschrank darstellen sollte. Am Boden der Kiste befanden sich Bücher. Ausschließlich Romane, bis auf eine Biographie über Dali. Ein Charakter, den ich schon immer interessant fand. Nicht nur die Kunst.

Dabei erinnerte ich mich, dass ich ja malen wollte.

Ich ging wie ich war zum Wagen. Barfuß, bekleidet mit einem weißen Shirt. Fettige Haare und unrasiert. Ich hatte ihn nicht abgeschlossen, wozu auch? Auf der Rückbank lag als letzter Gegenstand im ganzen Wagen die Staffelei, die ich extra kurz vor meinem Aufbruch noch gekauft hatte. Kurz bevor ich in meinem Rückspiegel verschwand.

17

Weiß, so unendlich viel weiß. Als füllte es Galaxien. Es hatte einen Rand an jeder Seite, ja, und doch schien es Dimensionen zu durchstoßen. Als wand es sich um alles, das ich begreifen konnte, als wand es sich um sich selbst, um mich selbst. Bis auch ich weiß war. Ich war Gott am ersten Tag. Wie konnte es so viel Weite auf so engem Raum geben? Und überhaupt, was war schon Raum?

Feine graue Linien schossen durch das Weiß! Zerschnitten es in scheinbar willkürliche Teile. Schon mit dem ersten Strich war es vorbei mit der Unendlichkeit. Als wäre sie nie dagewesen. Verpufft, ein Wimpernschlag genügte. Weiß wurde grau. Von einer Sekunde auf die andere. Es zog sich zusammen, mit jedem Strich ein wenig mehr, bis es auf seine eigentliche Größe schrumpfte. Es hätte alles sein können. Alles werden können. Es hat sich vom Nichts in ein Etwas verwandelt, in der Hoffnung mehr zu gebären, als es selbst gewesen war, all das zu werden, was ihm als Chance innegewohnt hat und sich doch nie gerecht werden konnte. Und die Angst, dass das Etwas nicht wird, was man gehofft hatte, dass das Nichts werden hätte können, lässt einen die Weite des Weißes noch ein paar Momente länger umgarnen, als notwendig, länger dort verweilen, wo alles Gute besser sein könnte, alles Schlechte gut. Wenn noch keine Punkte auf den Würfeln sind.

Schon ein Schritt genügt. Der erste. Der erste nimmt einem bereits alles. Jede Chance auf Rückkehr, jede Chance ungeschehen zu machen, was die Zeit bereits verbucht hatte. Es war geschehen und alles Leugnen, alles Kaschieren, alle Schminke wird es nicht ungeschehen machen.

Noch ein Strich. Und noch einer. Vielleicht ein Punkt hier und da. Aber vor allem Striche. Konturen formen das Nichts. Es wird immer mehr verdrängt, als würde es sich wie die Ebbe das Meer immer weiter zurückziehen. Als zöge jemand das Weiß aus dem Etwas heraus. Vorstellungen beginnen sich zu bilden und manifestieren. Erwartungen, die wieder verworfen und neu aufgebaut werden, wie Ruinen nach dem Krieg. Es ist alles nur in deinem Kopf, schreit einem das Weiß zu! Alle Tatsächlichkeit ist nur ein bisschen grau hier und da und doch schießen die Gedanken wie Kometen durch den eigenen Schädel, oder viel mehr an ihm vorbei, durch ins leere greifende Hände, die die Erkenntnis noch nicht zu fassen vermögen.

Es könnte immer noch so viel sein. Nicht mehr alles. Es ist nicht mehr weiße Weite. Die Grenzsteine sind bereits gelegt. Ob eng oder nicht, war egal. Und wenn es nur einen Schritt kürzer ist als die Unendlichkeit, fällt alle Omnipotenz in sich zusammen. Aber es könnte immer noch viel sein. Und es wächst. Alles wächst immer. Aber alles wird kleiner, mit jedem bisschen, dass es größer wird, in der irrigen Hoffnung etwas zu sein, dass dem Potential des Nichts, des Weiß', so nahekommt, dass das Viel nur einen kleinen Schatten von Allem auf dem Antlitz trägt.

Wenn ich in diesem so diesseitigen Moment Gott sein konnte, und beschränkte es sich auch nur auf diese kleine Unendlichkeit des Weiß vor mir, wer konnte es dann noch? Bis zu welcher Größe des Weiß?

18

Ich trat ein paar Schritte zurück, schob den Bleistift in meine rechte Gesäßtasche und betrachtete mein Werk. Ich bildete mir ein, dass man der Zeichnung meinen Ringrost anmerkte, aber dafür, dass ich so lange Jahre nichts dergleichen gemacht hatte, fand ich es noch nicht einmal schlecht. Ich hatte ein einfaches Motiv gewählt für den Anfang. Ich hatte den Tisch gezeichnet, wie er so mit seinen drei gesunden Beinen und einer Protese ahnungslos im Raum herum stand. Sich nichts bewusst. Seines Alters nicht, seiner Behinderung nicht, jedwede Unzulänglichkeit, die ihm innewohnte, war ihm gleich, war Staub, der nur auf seine Oberfläche rieselte und doch nie in ihn vorzudringen vermochte. Ich hatte mir schwergetan mit der Tasse darauf. Die Schraffierung der Perspektive wieder und wieder korrigiert.

Ich schüttelte, ohne es zu merken den Kopf. Kurz, aber bestimmt. Es war, als wäre ich aus einer zweiten in die eigentliche Realität zurückgekehrt. Ich hatte über dem Zeichnen komplett die Zeit, die es nicht mehr gab, vergessen. Ich sah aus dem Fenster. Der Winkel der Sonnenstrahlen hatte sich verändert, seit ich sie das letzte Mal wahrgenommen hatte. Es würde wohl trotzdem noch einige Stunden dauern, bis sie hinter den Wipfeln verschwinden und sich für ein paar Stunden ausruhen würde.

Der Rest Kaffee in der Kanne, den ich übrig gelassen hatte, war mittlerweile kalt geworden. Auch eine Art die Zeit zu messen, wenn man es denn wollte.

Ich griff nach der Packung Zigaretten und setzte mich auf einen der beiden Stühle, um mein Werk aus Entfernung zu betrachten. Es war belanglos. Aber das störte mich nicht. Ich hatte es gemacht, das war das wichtigste, eigentlich war es das einzig wichtige. Ich hatte getan, wonach mir war, nicht das, was man von mir verlangte, nicht einmal das, was ich eigentlich von mir hätte verlangen müssen. Ich wollte nicht selbst zu einem der Geister werden, die ich einmal gerufen hatte und vor denen ich hoffte, dass sie mich hier nicht finden, dass sie die Stadt nicht verlassen konnten, dass ich sie ausgetrickst hatte.

Ich schmiss die Zigarette in die Tasse, ohne sie auszudrücken. Ich griff mir das Paar Schuhe, das ich an den Füßen getragen hatte, als ich am Tag zuvor den ersten Schritt in die Hütte gesetzt hatte. Aus reiner Gewohnheit tastete ich meine leeren Hosentaschen ab, um sicher zu gehen, dass ich auch nichts vergessen hatte. Schlüssel, Geldbeutel, Handy. Nichts davon hatte eine Bedeutung hier. Es waren Relikte, Fossilien, die irgendwann jemand mit einem feinen Pinsel von der Erde um sie herum befreien würde, vielleicht längst nachdem alles, was von mir geblieben, nach dem mein Selbst geendet, bereits tiefer in das Erdreich gesackt war, um sich den noch zu schreibenden Geschichtsbüchern zu entziehen.
Ich zog die Tür hinter mir zu. Kein Schloss in das sie hätte fallen können.

19

„Michael!", schrie ich ihm förmlich entgegen.
Der Vorhang vor seinen Augen hob sich. Er hatte nicht geschlafen, aber er war auch nicht wirklich wach gewesen.
„Ja?"
„Hast du mir überhaupt zugehört?"

Er hustete, dann richtete er sich in dem Sessel, in dem er zuvor formlos gelegen hatte, auf, nahm nahezu Haltung an, eine Eigenschaft, die ihm sonst eher fern war.

„Wenn ich ehrlich bin-"

Ich unterbrach ihn: „Seit wann hat mich das je interessiert? Also nochmal: Wir sollen sie außer Landes schaffen! Ich weiß, das ist riskant mitten im Wahlkampf, aber wir müssen irgendetwas inszenieren. Irgendeinen Grund, warum sie da hin muss. Irgendeine Krise, oder so. Wir brauchen bilaterale Spannungen. Warum ist es in Nordkorea so ruhig? Kann man nicht irgendwo mit einer kleinen Scheiß-Meldung ein bisschen zündeln?" Ich merkte noch nicht einmal, dass ich beim Reden auf meinem Kugelschreiber herum gekaut hatte. Ob er mich überhaupt verstehen hatte können?

„Du kannst sie doch nicht einfach ins Ausland schaffen? Es gilt immer noch 'Unser Land zuerst'! Das würde wirken, als würde sie sich aus dem Staub machen! Man würde nur noch tiefer buddeln. Das Misstrauen würde wachsen und du weißt genauso gut wie ich, dass sie es rechtzeitig finden würden. Sie sind Kakerlaken, man kriegt sie nicht klein. Ausrotten geht nicht. Ich glaube, dass wir unsere Hygiene nicht mehr hinbekommen. Verteidigen bring nichts, wir müssen angreifen!"

Ich seufzte.

„Aber wie? Er ist immun. Er hat eine verdammte Teflonbeschichtung. Die ganze Scheiße, mit der er beworfen wurde und sich selbst beworfen hat, perlt an ihm ab. Und das war schon ein verdammt großer

Haufen. Wie viel willst du denn noch schmeißen? Als ob es etwas ändern würde!"

Ich hielt es nicht mehr aus, stand auf und steuerte auf den Whisky zu. Ich schenkte mir ein halbes Glas ein, ohne Eis, und setzte mich anschließend auf den Sessel neben Michael. Ich sah ihn fragend an, er starrte ins Nichts und massierte sich mit der rechten Hand den linken Fuß.

„Das ist doch alles Scheiße!", murmelte er vor sich hin, ohne seinen Blick auf etwas zu fokussieren.

„Die Alte hat sie doch auch nicht mehr alle!" Kurze Pause. „Also... wie kann man nur so dämlich sein?" Er war immer noch gedanklich kaum anwesend. Körperlich erst recht nicht. Nur seine Silhouette presste sich in die Polster des Sessels.

Längeres Schweigen hallte durch das Zimmer. Ich nippte an meinem Glas. Der Whisky schoss mir direkt in den Schädel. Nur für ein paar Sekunden, als führte er einen wilden Tanz in meinem Gehirn auf und wäre nicht in die entgegengesetzte Richtung in meinen Magen geflossen. Ich kniff die Augen zusammen und fuhr mir mit der freien Hand durch die Haare.

„Wir sollten auf Sarah warten. Vielleicht fällt ihr etwas ein!", überlegte ich laut.

Er sah mich an und runzelte dir Stirn. Ein sowohl spöttisches, als auch mitleidiges Etwas sprang aus seinen Augenwinkeln. Dann schüttelte er den Kopf und leerte sein Glas.

„Lass uns etwas Essen gehen. Morgens saufen macht hungrig!"

Er bestellte sich eine Flasche Wein zu seinem Pfund Schrimps. Auf eine schwer zu beschreibende Art und Weise war es durchaus ein erstaunliches Schauspiel, ihm zuzusehen. Ihm beim Existieren zuzusehen. Ich bewunderte ihn nicht, ganz und gar nicht. Seine Attitüde vielleicht ein bisschen. Seine Art auf das Leben zu blicken, vor allem auf das eigene. Seine Rolle in allem. Er war sich seiner bewusst, da war ich mir sicher. Aber eher, als würde er sich wie ein Unbeteiligter beobachten, als wäre er nicht Teil von sich selbst, alles gar nicht selbst erleben, sondern mit einer Tüte Popcorn im Kino sitzen und dem Mann auf der Leinwand zusehen, wie er sich durch die Kulissen bewegte. Ich glaubte, er konnte es nur so. Das und der Alkohol waren die schusssichere Weste, die ihn vor den Kugeln, die die Realität täglich auf ihn abfeuerte, beschützte und ihn nur so verletzt zurückließ, dass er weiter machen konnte. Nur ein blauer Fleck hier, eine Narbe da. Nichts, was ihn daran hinderte, morgens aufzustehen, ein Croissant mit zu viel Butter im Stehen in sich zu stopfen und dazu den schwärzesten Kaffee zu trinken, den man sich vorstellen konnte. Und sicher war er sich bewusst, dass die Minuten zwischen der letzten Tasse und dem ersten Glas jedes Jahr ein bisschen weniger wurden, aber er wusste auch, wie er sich dazu brachte, zu funktionieren, seinen Job erledigen zu können, bei dem man es ihm nicht anmerkte. Es war ja niemand dabei, wenn er nachts mit einem halbvollen Glas vor dem Fernseher einschlief, nur mit einem Shirt und Shorts bekleidet, die Wohnung voll mit Gegenständen.

Die Shrimps kamen zum zweiten Glas. Ich bekam Pasta. Es schmeckte ausgezeichnet, was es angesichts des Preises auch sollte.

„Gibt es Originale? Oder ist das alles schon digitalisiert? Sprich, wo kann man den ganzen Scheiß finden?" Michael bemühte sich noch nicht einmal ein Schmatzen zu unterdrücken, während er bereits den nächsten Panzer zwischen seinen Fingern knackte und anschließend in eine Schüssel warf.

„In irgendeiner Datenbank wird es sich schon finden lassen. Wenn man die richtigen Fragen stellt. Die Frage ist, in welcher. Beziehungsweise in wie vielen."

„Kommen wir da ran? Kennen wir jemanden?", fragte er mehr sich selbst, als mich.

„Das ist ein verdammt heißes Eisen, Michael! Wir müssen uns auf Samtpfoten bewegen, nicht die Brechstange herausholen. Das Risiko wäre viel zu groß. Ich glaube wir müssen ablenken und nicht versuchen Spuren zu beseitigen. Wenn man uns dabei erwischt-"

„Zwei Wochen!", unterbrach er mich. „Das ist alles. So lange muss es halten. Was auch immer es ist!"

20

Nachdem die Tür hinter mir zugefallen war, war das erste, was ich tat, die frische Luft in mich aufzusaugen, bis sie in die letzten Ästchen meiner Lunge vorgedrungen war. Mir wurde beinahe ein wenig schwindelig. Ich blickte nach rechts, wo mein Truck stand, unter ihm, das Gras, das er mit seinem Gewicht geplättet hatte. Blätter hatten es sich bereits nach einem Tag auf der Motorhaube gemütlich gemacht. Sie hatten bereits die klassischen Farben des Herbstes angenommen, Farben des Verfalls, die noch nicht alles Leben verloren hatten, aber dessen Entweichen sichtbar begonnen hatte. Ein leichter Wind fuhr mir durch die Haare. Aber er trug nicht mehr so viel Kälte mit sich wie am Tag zuvor. Außerdem schien mir die Sonne direkt ins Gesicht und erzeugte eine Wohligkeit, der auch kein Wind etwas anzuhaben vermochte. Ich drehte mich nach links und ging einige Schritte die Veranda entlang. Das Holz knarrte unter meinen Füßen, als würde es mir die Leiden des Alters mitteilen wollen. Das Geländer sah schlimmer aus, als sich der Boden anhörte. Es war über und über mit Moos bedeckt. Nicht nur oberflächlich. Man konnte sehen, wie es sich bereits in die Fasern gefressen hatte und es nur eine Frage der Zeit war, bis es einfach in sich zusammenfallen würde. Ich beschloss, dass es gefälligst den Winter zu überstehen hatte.

Meine Schritte wurden heller als ich die Wiese erreichte. Der Brunnen wäre in unmittelbarer Umgebung der

Hütte, hatte der Makler mich unterrichtet, ohne dass er mir genaueres hatte sagen können. Einen Lageplan gab es auch nicht. Ich drehte mich einmal um die eigene Achse. Nichts! Bei meinem ersten Spaziergang hatte ich auch nichts bemerkt.

Ich entschied mich dafür, in größer werdenden Kreisen um die Hütte herum zu laufen. Es erschien mir die systematischste Möglichkeit meine Suche zu beginnen. Ein besonders schiefer Baum lag auf seinem Nächsten, als lehnte er sich an ihn, um sich ein wenig auszuruhen. Der Anblick löste eine beruhigende Gleichgültigkeit in mir aus. Hier bewegte sich ein Ästchen, da tänzelte ein herabfallendes Blatt gen Boden, aber die zwei ließen sich nicht aus der Ruhe bringen.

Ich beobachte den Boden, während ich die ersten Schritte zwischen den Bäumen hindurch schritt. Eigentlich war nichts aufregendes dabei. Es war nicht viel anders als den Bürgersteig entlang zu schreiten. Ja, alles war anders, aber irgendwie auch nicht. Es war nicht der Boden, auf dem ich schritt, der den Unterschied ausmachte. Es war die Tatsache, dass alles was ich tat, ich alleine tat. Ich konnte lachen, ich konnte schreien, ich konnte stürzen, gar mir das Genick brechen, niemand auf der ganzen Welt würde auch nur seine Kaffeetasse absetzen für mich. Es löste jedoch Befreiung in mir aus. Es war ein durch und durch gutes Gefühl.

Ich konnte Laub- von Nadelbäumen unterscheiden. Das war's. Einen Ahorn würde ich vielleicht noch erkennen. Aber sonst? Ich versuchte mir die Bäume genau anzusehen. Ihre Unterschiede auszumachen. Die unterschiedlichen Blätter, die Rinde, mal glatt, mal aufgebrochen, wie Boden in der Steppe, der zu lange keinen Regen mehr gesehen hatte. Zu Füßen mancher sammelten sich Farne, bei anderen wiederum nicht. Ich überlegte, ob es Zufall war. Vermutlich nicht.

Es war merklich kälter unter den dichten Wipfeln. Nur hier und da drang ein Sonnenstrahl durch die Blätter. Einer beleuchtete ein schier gigantisches Spinnennetz, das sich zwischen zwei Sträuchern spannte. In der Mitte saß die größte Spinne, die ich jemals gesehen hatte, nicht viel kleiner als mein Handteller. Augen, die scheinbar ins Nichts starrten, acht Beine, die sie spielend auf der Seide balancieren ließen. Ich hatte keine Angst vor Spinnen. Nicht direkt. Alles, was so in Häusern herumkroch, hatte ich ohne Gänsehaut zu bekommen nach draußen bringen können. Aber das hier war eine ganz andere Sache. Die schiere Größe allein, die Tatsache, dass ich, obwohl ich ein paar Meter von ihr entfernt stand, ihre Fangzähne deutlich erkennen konnte, dass ich noch nie ein vergleichbares Exemplar gesehen hatte und ich keine Dokumentation im Fernsehen sah, sondern sie tatsächlich vor mir war. Tatsächlich existierte. Ich musste an den Tausendfüßler vom Vortag denken. Er war mir ähnlich surreal vorgekommen.

Ich hatte keine Ahnung, ob sie mich ähnlich eingehend musterte, wie ich sie. Vielleicht wurde sie genauso von meiner Existenz überrascht, wie ich umgekehrt von ihrer. Oder es tat sich einfach gar nichts in ihren Ganglien. Ich war ja kein Biologe.

Ich wendete mich von ihr ab und ging in respektvollem Abstand weiter. Eine Weile später, hatte ich den ersten Kreis gezogen. Ich konnte die Hütte durch die Bäume hindurch immer noch erkennen. Sie sah klein aus. Kleiner, als sie sich von innen anfühlte. Klar waren es nur ein paar Meter in jede Richtung. Aber das sage nichts darüber aus, wie es sich anfühlte. Ein bisschen wie das erste kleine Zimmer, das man bezogen hatte, nachdem man das Haus der Eltern zum Studieren verlassen hatte. Alles war kleiner, die Maßeinheiten zumindest. Alles andere war dafür so viel größer geworden.

Ich stapfte weiter durch den Wald. Immer wieder hörte ich, wie etwas im Laub davon huschte. Erneut schoss mir die Frage in den Kopf, ob es hier Bären gäbe.

Ich blieb stehen, zündete mir eine Zigarette an und sah mich um. Nichts bemerkenswertes streifte meinen Blick. Vermutlich würde es diese Momente noch zuhauf geben. Momente, in denen schlicht nichts geschah. Lange Momente. Was war ein Tag letztlich anderes als ein Moment, als ein Wimpernschlag. Wenn überhaupt. Ein paar Bilder, die einem durch den Kopf huschten, mehr blieb ohnehin nicht. Von nichts.

Ich erinnerte mich an meine Frau. Aber was hatte ich davon? All die kleinen Geschichten, die Episoden, die aufflackerten, wann immer ich an sie dachte, was waren sie anderes als Bilder, als Fotos? Sie würde sich nicht mehr verändern, nicht mehr altern. Keine Falten bekommen, wo sie sie noch nicht gehabt hatte, als uns der Lastwagen traf. Briefe würde sie auch keine mehr bekommen. Vielleicht ein paar Prospekte von Firmen, die sie noch nicht aus ihrer Kartei gelöscht hatten. Überhaupt war es ein einziges Löschen.

Das letzte Bild, das von ihr geschossen wurde. So würde man sie in Erinnerung behalten, so würde ich sie in Erinnerung behalten. Nicht als das, was sie gewesen war, als man sie aus dem Wagen gezogen hatte.

Man sagt immer, dass etwas bleibt, etwas weiterlebt, in Gedanken, in den Kindern. Schwachsinn! Nichts bleibt! Alles ist weg. Von einer auf die nächste Sekunde.

Jeder Gegenstand, den man aufbewahrte, in Gedenken, könnte man sich auch genauso gut sparen. Es ändert ja doch nichts. All die schlauen und herzenswarmen Sprüche auf Grabsteinen.

Wie viele will man noch aufstellen? Bis der ganze Planet damit gepflastert ist? Oder verfallen sie doch genauso, wie die Person, der sie gewidmet sind und machen Platz für neue?

In gewissem Sinne waren Grabsteine ein Monument der Ignoranz, der Verweigerung nach vorne zu schauen, letztlich eine Versinnbildlichung unserer Gesellschaft. Mit scharfen Klauen wird versucht, sich an dem was war festzukrallen und wenn es noch so blutige Furchen hinterließ. Ein stetes Zurückkehren in die Vergangenheit, weil man sich so gemütlich in ihr eingerichtet hatte, im Glauben, wenn man nur lange genug den Kopf in den Sand steckte, würde die Zukunft an einem vorbeirauschen wie ein Zug, der an der eigenen Station nicht hielt. Dieses unsinnige

Zurückgeblicke! Vielleicht war es das, was irgendwann alles zum Einsturz bringen würde. Man verwaltete das Jetzt und das Gestern und ignorierte das Geräusch der tickenden Uhr. Aber das einzige was voran ging war das Ticken. Und es würde nicht aufhören, sondern gnadenlos voranschreiten, alles schritt gnadenlos voran und vielleicht wurde man wahnsinnig, wenn man sich ihm nicht verschloss, während alle um einen herum ihrem eigenen Götzen zuarbeiteten. Oder es war genau umgekehrt, was wusste ich schon?

Dennoch beschlich mich das ungute Gefühl, dass ich, wie ich hier so stand und mich nach einem Brunnen umsah, um an Wasser zu gelangen, mich nicht an die Vergangenheit klammerte, sondern vielmehr in die Zukunft sah!

Sicher nicht die Zukunft der meisten Menschen an diesem Tag, oder an dem danach, aber sie würde kommen, ich spürte es, die letzte Frage, die blieb, war, ob ich es noch erleben würde, ob ich den Untergang noch erleben würde – Und ich war mir unsicher, ob ich es wollte. Einerseits wollte ich in einer Art kindlichem Trotz Recht behalten; andererseits hoffte ich, dass alles irdische meines Selbst sich bereits aus dem Staub gemacht haben würde, wenn uns allen alles um die Ohren fliegen würde. Nur bei einem war ich mir sicher: Es war keine Frage des Ob, sondern des Wann!

21

Als ich meinen Kopf zurück in die Realität, zumindest in meine Realität geschüttelt hatte, fiel er mir beim mustern meiner Umgebung tatsächlich auf: Der Brunnen. In eine Richtung wurde der Wald etwas lichter und die Sonne spiegelte sich auf etwas metallenem.

Einige Schritte später trat ich auf die Lichtung, die den Brunnen umrandete, keine fünf Meter in jede Richtung und einige Ranken wucherten bereits an seinem Fuß empor, als hätten sie ihn für einen Baum gehalten, den sie aussaugen und langsam allen Sonnenlichts berauben könnten, um dem eigenen Fortkommen zuzuarbeiten.

Ich musterte ihn genauer. Der moosgrüne Lack, der ihn einmal gänzlich überzogen haben musste, war an den meisten Stellen bereits abgeplatzt, verzehrt von der Kälte und Feuchtigkeit, der er sich ausgesetzt sah. Ein geschwungener Hebel hing traurig an einer Seite an ihm herab, ihm Gegenüber eine Öffnung im Fuß, der wie eine Art Schnabel aussah, der in einer grotesken Art einen Kussmund zu bilden versuchte. Ich griff den Hebel und versuchte ihn anzuheben. Nach wenigen Zentimetern blockierte er. Ich rüttelte erneut daran. Nichts! Ich trat einen Schritt zurück und bohrte mein Standbein förmlich in den Boden, um bestmöglichen Halt zu haben. Dann warf ich mich mit aller Kraft gegen ihn. Seufzend und schreiend, als hätte ich ihn aus einer jahrelangen Gefangenschaft befreit, gab er nach.

Ich bewegte ihn noch ein paar Mal auf und ab, um sicher zu gehen, dass er nicht wieder einrasten würde. Er tat es nicht. Aber er förderte auch kein Wasser zu Tage! Ich wischte mir mit einem Ärmel den Schweiß von der Stirn. Ich war mir nicht sicher, ob ich wegen der körperlichen Anstrengung schwitzte, oder wegen der Tatsache, dass sich alles in mir verkrampfte bei dem Gedanken daran, dass der Brunnen kaputt sein könnte.

Ich wusste, dass man recht lange ohne Essen auskommen konnte. Aber ohne Wasser waren es wohl nur ein paar Tage, eine Woche, zwei höchstens. Ich war abhängig von dem Brunnen. Ein Gedanke, der mir in den Kopf schoss, wie ein Messer in die Brust. Ja, ich hatte am Tag zuvor das Plätschern eines Flusses gehört und ja, ich hatte ein Auto vor der Hütte stehen, mit genug Sprit, um mich zurück in die Zivilisation zu bringen, dort wo niemand auch nur eine Sekunde seines Lebens über Wasser nachdenken musste. Nicht in dieser Zeit, nicht in diesem Land. Es würde wohl eine Episode in der Geschichte der Menschheit bleiben.

Und dennoch wollte ich nicht von ihr Gebrauch machen. Ich war hier, weil ich all das hinter mir lassen wollte, alles was mich an jemand band, alles was mich abhängig machte von Menschen, von Menschen, die ich nicht mehr verstehen konnte, nicht als Individuum, nicht in ihrer Speziensuizidialität, mit der sie wissend und nichts ahnend sich selbst den Teppich unter den Füßen wegziehen würden.

Aber heute stand ich vor einem Brunnen. Das war, was zählte. Alles andere war morgen!

Was aber war morgen? Letztlich auch nichts anderes als gestern. Beides waren nur Gedanken. Orte an denen wir waren, Orte an denen wir vielleicht sein würden, wir waren jemand und wir würden jemand sein. Aber nichts davon war Realität, nichts davon war jetzt. Und alles, was nicht jetzt war, war nur in unseren Köpfen. Es war unsere Realität der Vergangenheit und unsere Vision von der Zukunft, nie die eines anderen, so unterschiedlich, wie ein Fingerabdruck dem anderen, so individuell, eine Unendlichkeit der Wirklichkeiten. Es gab natürlich auch unsere eigene Gegenwart, aber diese war für jeden spürbar, fühlbar, sie passierte wirklich und war nicht das Mosaiksteinchen eines Gedankenkonstrukts eines Einzelnen. Es war uns nur möglich eine gemeinsame Gegenwart zu haben. Ein Jetzt und Hier, nichts anderes war erlebbar,
nichts anderes war nicht nur ein Film, der ausschließlich für einen selbst gedreht wurde. Warum also Gedankenkonstrukte bewahren, wenn es doch nur um die Bewältigbarkeit der Gegenwart ging. Darum, Dinge die tatsächlich geschahen, aufzunehmen, anstatt in Gestrigem zu schwelgen oder Morgiges zu träumen!
Unzählige Varianten der Zukunft hatte ich bereits durchgespielt, hatten sich wie ein Theaterstück vor meinem inneren Auge abgespielt. Und nie war es gut ausgegangen. Oh, wie ich hoffte, dass es gut ausgehen würde! Oh, wie ich hoffte, dass man doch noch die richtigen Werkzeuge in die Hand nehmen würde! Dass man irgendwann seine Haustür nicht mehr absperren

müsste, sie nicht mit einem Schloss verriegeln würde müssen! War es das nicht? Das uneingeschränkte Symbol? Nichts und niemand mehr fürchten zu müssen, selbst im Moment der absoluten Wehrlosigkeit, wenn man das Gesicht im Kissen vergräbt und nur noch der eigene Körper hier zu sein scheint und der Geist, alles, was unser Kopf so treibt, irgendwo anders ist, an einem Ort, der jeder Beschreibung entbehrt, der Dinge zulässt, die uns manchmal in der seltsamsten Art und Weise erzählen, was uns wirklich in Schach hält, was uns, wenn wir ehrlich sind eben auch in der Nacht nicht loslässt und sei es verkleidet in den dadaistischsten Kostümen und wir sie doch erst in der Sekunde, in der wir pochenden Herzens die Lider gen Himmel schlagen, als solche enttarnen.

Und da liegen wir, in weichen Daunenfedern, herausgerissen, aus was auch immer uns erzählt wurde, immer Geschichten ohne Ende, immer das letzte bisschen Grausamkeit zensiert, zensiert durch das Aufwachen und selbst schweißgebadet, selbst nach Atem ringend, selbst mit stierenden Augen etwas fokussierend, dass wir der tatsächlichen Realität zuordnen glauben zu können, nur um die Nabelschnur zu trennen, die uns noch zwischen den Welten taumeln lässt, selbst dann oder vielleicht gerade dann sind wir wie ein Vogel, der in seinen Käfig zurückkehrt. Wir kehren zurück zu allem, das wir sind, weg von dem, das wir sein könnten. Wer wir sein könnten, wenn wir hier und da anders abgebogen wären. Oder alles um uns herum es wäre. Was, wenn nur ein Traum Realität werden könnte?

Wenn Wünsche nicht nur das wären, als das man sie abtut, wenn man dem nachjagte, was man in der Nacht glaubte zu erleben?

Ich betrachtete den Brunnen erneut. Ein Klumpen Metall, mehr war er nicht. Leblos, umringt von reinem Leben. Verzierungen wanden sich den Griff entlang. Unnötig, wie mir schien. Ästhetik hatte hier keine Bedeutung, war nur noch eine durchsichtige Hülle, gebrochen von der Tragik der Bedürftigkeit, stand sie allem hinten an. Er musste funktionieren, egal wie, egal wie er aussah, wie herausgeputzt er war, wie jämmerlich der Hebel dabei auch quietschen mochte, als wären es ihm Qualen, zu tun, was von ihm erwartet wurde.

Ich griff erneut mit beiden Händen nach ihm und bewegte ihn abwechselnd nach oben und nach unten. Er schrie, aber er blockierte nicht mehr. Immer und immer wiederholte ich den Vorgang. Mal schneller, mal langsamer. Nichts!

Würde ich wirklich verdursten? Würde ich es zulassen? Würde ich nicht bevor es dazu käme doch in die nächste Stadt fahren? Oder würde ich die Schrotflinte, die auf der Ladefläche meines Wagens ruhte, in die Hand nehmen? Würde ich eher selbstbestimmt von der Bühne treten, bevor man mich in einem schwarzen Beutel verstaut, von ihr ziehen würde? Ich wagte es nicht, mir selbst dies Frage zu beantworten.

Ich wusste nur eins: Das einzige, was ich bereuen würde, was ich wirklich bereuen würde, wäre, wenn ich ins Auto steigen und den Motor starten würde. Ich wäre an mir selbst gescheitert, nicht mehr an Umständen, an den Menschen um mich herum, nur an mir selbst. Es gab nichts und niemand anderen hier und somit auch keine Ausreden, niemand, auf dem ich etwas abladen konnte, was eigentlich mir oblag.

Ich würde mich vor mir selbst schützen müssen. Bald!

Ich trat mit dem Fuß gegen den Brunnen. Nicht fest, es war eher ein symbolischer Akt, denn dass ich zugelassen hätte, dass Wut und Frustration mich dazu gebracht hätten, mich zu verletzen.

Ich versuchte es erneut. Meine Oberarme schmerzten bereits, aber es nützte ja nichts. Wie ein Wilder riss ich den Hebel gen Himmel und schwang ihn wieder gen Boden. Als ich bereits aufgeben wollte, hörte ich tatsächlich ein leises Gluckern aus dem Rohr an mein Ohr dringen. Ich hielt inne. Aber kaum war das Quietschen zum Verstummen gekommen, war auch sonst nichts mehr zu vernehmen, außer dem Schreien eines aufgebrachten Vogels und dem üblichen Rascheln hier und da, das ich aber bereits jetzt nicht mehr so recht wahrnahm.

Nochmals bemühte ich mich, alle meine Kraft in die Bewegungen zu bringen. Erst erneut ein leises Gluckern und ein paar Sekunden später sah ich wirklich die ersten Tropfen aus der Öffnung perlen, stetig dichter werdend, bis kurze Zeit später das Wasser in Schüben heraus schoss, sich seinen Weg über den Fuß des Brunnens bahnte um anschließend im selben Boden zu versickern, aus dem es gekommen war.

Ich konnte mich lächeln fühlen.

22

Zurück in der Hütte ließ ich mich ins Bett fallen und verschränkte die Arme über der Brust. Ich betrachtete die Balken über mir. Irgendjemand musste sie einmal aufgebaut haben. Und zuvor zurecht gesägt und geschliffen haben. Irgendjemand war vor mir hier gewesen, hatte das alles erbaut. Vielleicht hatte auch schon jemand in diesem Bett geschlafen. Wahrscheinlich sogar. Ich hatte keine Ahnung, wer der Vorbesitzer war, noch wollte ich es wissen. In diesem Moment wünschte ich mir, der erste Mensch hier gewesen zu sein, alles selbst errichtet zu haben, die Hütte, den Brunnen, auch wenn ich nichts davon vermocht hätte. Ich war noch nicht einmal sonderlich handwerklich geschickt. Die Amputation des Tischbeins und das Anbringen der Prothese dürfte meine größte Leistung in diesem Zusammenhang gewesen sein.

Ich beschloss einen Moment die Augen zu schließen, um mich auszuruhen. Ich wollte nicht im klassischen Sinne schlafen, sondern mich lediglich kurz erholen. Einfach innehalten, bevor ich mir meine nächste Aufgabe vornehmen würde.

Gedanken huschten jedoch wie Lichtblitze unter meinen Lidern umher. Von links nach rechts, von oben nach unten und zurück. Etwas, das noch zu tun war, blitzte auf und wurde, wie in einem zu schnell geschnittenen Filmtrailer vom nächsten Etwas ersetzt, überblendet. Dazwischen mischten sich Bilder der Vergangenheit. Ein unerträgliches Daumenkino, das mich nicht zur Ruhe kommen ließ, nicht die Entspannung finden ließ, die ich mir erhofft hatte. Es war eine Hektik in Gedanken, obwohl ich doch in völliger Ruhe auf dem Bett lag, mit grobem Pinsel gemalt, verwischt, konturlos und ohne Präzision und doch so eindringlich, so meinen Körper beherrschend, dass die müden Beine dem berauschten Kopf noch so lange entgegen schreien hätten können, dass sie genug von seinem Primat hätten, liefen sie ja auch, wenn sie sollten, so könnte der Kopf doch auch zur rechten Zeit ruhen!

Und diese Bilder! Diese Bilder, die sich auf die Leinwand zwängten. Das unablässige Geräusch einer Axt, die auf Holz traf, rhythmisch, pulsierend und doch irgendwie versetzt, wie ein Schlagzeuger, der noch Jahre der Übung vor sich hatte. Meine Mutter tanzte in einem weißen Kleid durch den Wald, tanzte zum Schlag der Axt, die Haare grau über ihren Schultern hängend, verfilzt und ohne Schnitt. In wilden Pirouetten flog sie zwischen den Büschen umher, unter dem Saum schauten ihre krampfadrigen Schenkel hervor, ihre baren Füße schleuderten Laub in die Luft. Nur ihr Gesicht blieb immer im Schatten, wirbelte immer davon, bevor ich einen Blick erhaschen konnte, obwohl ihr meine Augen immer folgten, sich nicht von ihr zu lösen vermochten, trockenen Mundes und schwieliger Hände, während ich Wasser aus dem Brunnen pumpte wie ein Wahnsinniger und es versiegen ließ.

Ihre geradezu durchsichtige Haut schien das Sonnenlicht durch sie hindurch zu lassen, wann auch immer sie es berührte und sie drehte und drehte sich, sicheren Schrittes um abgebrochene Äste herum, als wären sie genau zu ihrer Choreographie ausgelegt worden. Leichtfüßig, viel leichtfüßiger, als es ihr Alter ihr erlauben durfte, die schlaffe Haut, die von ihren Armen hing und auf groteske Weise ebenfalls tanzte, erzählte mehr als eine Geschichte.

Dann plötzlich hielt sie inne. Den Rücken mir zugewandt, den Kopf gesenkt, nur eine Armeslänge entfernt. Sie stand auf einem Bein, das andere angewinkelt, wie es manche Vögel taten, wenn sie schliefen. Die Axt schlug langsamer. Nur noch alle paar Sekunden hörte ich, wie sich Metall in Holz grub, wie es tiefe Wunden in das schlug, was so lange mühevoll der Sonne entgegen gewachsen war und nun wieder seine Falten in die Erde grub.

Fleisch begann sich von ihren Waden zu lösen und klatschte im Takt der Axt auf den Boden. Erst waren es kleine Stücke, dann wurden sie immer größer. Und es wuchs an ihr hinauf wie ein Efeu eine Hauswand, so lange bis die Haare, diese verfilzten Bündel, die eher Schlangennestern, als allem anderen ähnelten, sich von ihr lösten.

Erst als alles, alles an ihr, dass nicht der rohe Knochen war von ihr gewichen war und sich zu ihrem Fuße gesammelt hatte, wie ein Haufen Unrat, erst dann begann sie sich langsam zu mir zu drehen, mir das, was kein Gesicht mehr war, zu zeigen, vielleicht sogar zu entblößen.

Tränen rannen aus ihren hohlen Augenhöhlen.

Ich erwachte.

23

Mein rechter Arm war von meiner Brust gerutscht und baumelte von der Bettkante. Er war eingeschlafen und dennoch erkannte ich es erst, als ich aufgewacht war. Meine Finger kribbelten. Ich spürte den Schweiß in meinen Achselhöhlen und in meinem Nacken. Ich konnte nicht lange geschlafen haben. Ich fühlte mich nicht erholt, im Gegenteil, eher als hätte man mich aus einer Folterkammer gezerrt und hier abgeladen. Meine linke Schulter schmerzte. Vielleicht wegen allem, was ich dem Brunnen angetan hatte, um ihm Wasser zu entlocken, auch wenn ich bevor ich mich ins Bett gelegt hatte, noch nichts gespürt hatte. Ich zog meine Hand zu mir und legte sie neben mich. Sie fühlte sich an, als gehörte sie nicht zu mir, als wäre sie mir an den Arm getackert worden, während ich geschlafen hatte. Es würde vorbei gehen. Wie alles. Alles. Alles, was wir in unseren verriegelten und vernagelten Köpfen als unendlich auf einem Stapel mit Selbstverständlichkeiten abgelegt haben, wird zunächst mit Staub bedeckt werden, irgendwann bis zur Unkenntlichkeit ausbleichen und den Weg eines jeden Relikts gehen. Ein Platz im Museum, in einem Glaskasten, mehr würde nicht bleiben, nicht mehr als eine Rückschau, als eine Beschau, von etwas, das außerhalb des durchsichtigen Quaders, in dem man es aufbewahrte, keine Bedeutung hatte, selbst wenn man noch so beeindruckt und dennoch zugleich irritiert die Stirn in Falten schlüge, beim Versuch etwas in sich zu finden, nach der Fantasie zu graben, die es einem ermöglichte sich vorzustellen, was auch immer man aus der Zeit Gefallenes betrachtete und darin sich selbst zu sehen, die eigene Zukunft, die eigene Existenz, in ihrer unerträglichen Vergänglichkeit, in ihrer bedeutungslosen Verruchtheit der Selbsterhöhung.

Was war man anderes, als ein paar Knochen in einem Museum, das noch nicht gebaut war?

Ich fühlte mit der Zunge über meine Zähne. Und das Loch im rechten Oberkiefer. Einer war mir an der Universität ausgeschlagen worden. Ich hatte ihn nie ersetzt, auch wenn ich es mir hätte leisten können.

Ich rieb mir die Augen und fuhr mir anschließend mit der flachen Hand über die Stirn. Ich schwang die Beine aus dem Bett und streckte mich. Nachdem an meinem Körper wieder alles an Ort und Stelle war, verließ ich die Hütte, holte einige Holzscheite aus dem Schuppen und entfachte den Ofen. Es war noch hell, ja, aber erstens wollte ich eine Tasse Kaffee trinken und zweitens war es trotz Sonnenschein bereits so kalt, dass es ohne die Wärme des Ofens ungemütlich war in der Hütte. Ich schüttete etwas Wasser in eine Tasse und stellte sie auf die immer noch staubige Oberfläche des Ofens. Es würde dauern, bis es heiß werden würde, und auch wenn ich mir bewusst gewesen war, dass sich meine Gewöhnung an die ultimative Verfügbarkeit von Allem jederzeit, rächen würde, sobald ich sie wegen Untreue verließ, war mir auf einer ganz rationalen Ebene, niemals vor Augen gewesen, das jedes noch so kleine Detail der Zeitverschiebung der Jahrzehnte, die ich mir aufoktroyiert hatte, sich nun gemütlich räkelte und mir aus der Hängematte entgegen lachte.

Ich saß vor dem Ofen und starrte auf die Flammen, die lüstern nach den Scheiten griffen. Mit einer Hand strich ich vorsichtig über den rauen Holzfußboden. Er war unlackiert. Alles hier war unlackiert. Alles hier war ungeschminkt. Die ganze Hütte, jedes Detail, der Boden, der verstaubte Ofen, die morschen Geländer der Veranda, alles zeigte sich wie es war, roh und schonungslos ehrlich, geradezu stoisch vertieft in einer meditativen Abkehr von allem Getue, dass sich aufplusternd an ihm abarbeitete und das jeden eigenen Atemzug gewürdigt wünschte, als das Unikum, das es in all diesen egozentrischen Universen zu sein glaubte, obwohl es doch nur an unzähligen anderen vorbei rauschte.
Eines kleiner als das nächste. Während ich ebenso schrumpfte, wie alles um mich herum, wuchs ich im

gleichen Maße, während alle Bedeutung aus meiner Umwelt wich, aus allen Dingen, atmeten sie oder nicht, spürte ich gleichermaßen, dass etwas in mir heranwuchs, als wäre ein Samen in meine Brust gesetzt, dessen erste Sprossen ausschlugen und nach Platz gierten, nach Wachstum, etwas, dem das Gefäß, in dem es gedieh irgendwann zu klein werden würde, etwas, das noch keine Form hatte, keinen Namen, noch nicht, aber das mir an einem Tag entwachsen sein, mich hinter sich lassen würde, als die geschrumpfte Hülle, die ich ihm war und und etwas entgegenschreiten, von dem es selbst noch nicht wusste, was es sein würde.

Jeder Kiesel würde irgendwann abgeschliffen, jeder Zentimeter der Welt mal von einer Hand berührt, jedes Lebewesen, das in diesem Moment existierte, vergangen sein, ist doch es gerade diese Vergänglichkeit, die alles eint, das jemals eine Wurzel in diese Welt geschlagen hat.

Und ich spürte tief in mir, während ich den Flammen zusah, wie sie das Holz auffraßen, wie eine Horde Hyänen einen leblosen Kadaver, dass die Erkenntnis der Endlichkeit von allem mir wie eine Peitsche ins Gesicht schlug und eine blutige Spur auf meiner Wange zurück ließ, viel mehr, als es der Tod meiner Frau jemals vermocht hatte, und dass das einzige Unsterbliche in allem, das sich um mich herum zu einer Form verband, ein Gedanke war, in all seiner Körperlosigkeit.

Und nicht einmal dabei war ich mir sicher.

Mühsam zog ich mich vom Bett ab, ein bisschen wie eines dieser Klebebildchen, bei denen man erst mühsam an einer Ecke herum pfriemeln musste, bevor sich die zwei Schichten voneinander lösten.

Ich streckte mich. Mein Ellenbogen knackte. Das hatte er früher nie getan, aber vielleicht war er einfach nicht gewohnt mit Brunnen zu ringen. Er war das Halten eines Kugelschreibers oder Telefonhörers gewohnt.

Ich zog meine Schuhe an und band sie, danach verließ ich die Hütte. Ich blickte auf die glänzende Motorhaube des Pick-Ups. Die Sonne brach sich auf dem schwarzen Lack. Der Schatten eines Astes, der in der Flucht lag, zappelte hektisch darauf herum. Einzelne Blätter hatten es sich bereits zwischen Scheibenwischer und Windschutzscheibe gemütlich gemacht. Ich ging um den Wagen herum und öffnete die Heckklappe. Ich griff nach den letzten Kleinigkeiten, die ich noch nicht in die Hütte getragen hatte und holte dies nach. Danach warf ich einen Blick auf die Rückbank, auf der nur eine dünne Decke und eine Pappschachtel mit Patronen für das Gewehr lagen. Mehr nicht. Ich holte beides aus dem Wagen, schmiss die Decke auf das Bett und die Patronen in die große Truhe, die zu dessen Fuß stand. Ich strich eine Spinnwebe weg, die sich zwischen Rückspiegel und Tür eingenistet hatte. Wie schnell die Natur sich der Gegenstände bemächtigte, wenn man sie nur ließ!

Ich öffnete die Fahrertür und nahm auf dem Sitz Platz. Die Hände wanderten wie fremdgesteuert ans Lenkrad, fühlten das warme Leder, die Nähte. Dann löste sich die rechte und begann so lange im Handschuhfach zu kramen, bis sie den Griff der kleinen Pistole zu fassen bekam, die meine Frau dort platziert hatte. Ich hatte es für übertrieben gehalten, aber sie fühlte sich wohler damit. Sie würde erst nach ihrem Tod Verwendung finden. Falls überhaupt.

Mein Blick fiel auf meinen Schlüsselbund, der noch im Zündschloss baumelte. Ein gutes Dutzend Schlüssel. Die silbernen Zacken ihrer Bärte funkelten in den Sonnenstrahlen, die sie berührten. Fast schon auf eine bedrohliche Art und Weise, erzählten sie doch im Grunde die Geschichte meines Lebens. Zumindest das der letzten Jahre. Alles, was sie zu verschließen vermochten, war, wo ich meine Zeit verbracht hatte. Tag ein, Tag aus. Ein bisschen Zeit in der man sich zwischen den Käfigen hin und her bewegte. Und doch waren es auch goldene Käfige gewesen, in denen es an nichts gemangelt hatte. Alles war da und dazu von allem viel. Nie jagte einem der Gedanke an den nächsten Tag Angst ein, keine existenzielle zumindest. Was sollte schon passieren? Auf meinem Konto tummelten sich so viel fiktive Scheine, dass sie problemlos für alle meine Sorgen bezahlen konnten, mögen sie Placebos gewesen sein, die nichts wirklich zu heilen vermochten, keine Kränkung, keine Demütigung, keinen Verlust, keinen schlechten Tag konnten sie in einen guten verwandeln, auch machten sie nicht ungeschehen, dass der Lieferwagen sich durch das Metall des Volvos gefressen hatte, um anschließend meine Frau zu zermalmen, nichts dergleichen vermochte diese abstrakte

Zahlenfolge, die einmal im Monat auf dünnes Papier gedruckt in meinem Briefkasten landete, zu beeinflussen, keinen Einbrecher verjagen, keine Diskussion gewinnen, nicht die Zeit zurück drehen, oder die eigene Endlichkeit zu überkommen vermochte sie. Und doch wären die Falten in meinem Gesicht vermutlich tiefer, die Augenringe dunkler, die Träume schattiger, wäre die Zahl kleiner. Zumindest überall anders als hier. Hier hätte jeder dieser Scheine nur noch dafür getaugt, angezündet zu werden, und das Holz im Ofen schneller zum Brennen zu bringen.

Meine rechte Hand spielte an den Schlüsseln herum, während die linke weiterhin auf dem Lenkrad ruhte.

Ich müsste nur eine kleine Drehung mit der Hand vollführen und das sonore Brummen des Motors würde ertönen. Noch eine ebenso kleine Bewegung mit dem Fuß und der Pick-Up würde mich tragen, wohin auch immer ich wollte. Zurück, dahin, wo das Leben bequem sein würde, zurück zu Supermarktketten, Gameshows und fließend Wasser, zurück zur Einfachheit des Komplexen, weg von der Komplexität des Einfachen, Sprudelwasser statt Brunnen, Hummer statt Konserven und dem, was ich dem Wald zu entlocken vermochte.

Wütend schlug ich mit der Faust auf das Lenkrad.

Wütend und dennoch entschlossen. Entschlossen, jeden noch so kleinen Keim der Feigheit, der sich in meiner Brust einzunisten gedachte, um dort unbemerkt winzig kleine Wurzeln zu schlagen, stetig wachsend und sich mehr und mehr meiner bemächtigend, um irgendwann wie ein Geschwür alles in mir zusammenzudrücken, so fest, so beständig, sofort herauszureißen, sobald ich ihn bemerkte.

Ich wusste zwar nicht, was mich hier erwarten würde, nicht wirklich zumindest, ich konnte imaginieren, Vermutungen anstellen und doch nicht in Gänze erfassen, oder bestimmen, was noch nicht geschehen war, was nur unscharf in Vorstellungen vor sich hin waberte, sich immer wieder in neuer Form zusammensetzend, zwar Konturen gewinnend, je mehr es sich mir näherte, aber immer erst tatsächliche Form, Greifbarkeit, Fühlbarkeit erlangend, wenn die Sekunden es eingeholt hatte. Ich war mir dennoch all der Kargheit, all der Einsamkeit bewusst, die mich hier erwarten würden, in welcher konkreten Gestalt auch immer sie vor mich treten würden. Und ich war mir sicher, dass all das erduldbar sein würde. Und ich war mir genauso sicher, dass, drehte ich den Zündschlüssel um, nichts mehr erduldbar sein würde und alles, was seine grellen, hektischen Finger an mich legte, mich in Tiefen ziehen würde, in denen kein Lichtstrahl, nicht der kleinste Funke mehr mein Auge streifen würde.

Mein Entschluss stand fest.

24

Ich beschloss zunächst, alles zu erledigen, was unbedingt erledigt gehörte, zumindest nach meinem Ermessen. Ich holte einen Karton Feuerholz aus dem Schuppen und stapelte die Scheite neben dem Ofen. Anschließend nahm ich mir vier leere Flaschen und füllte sie am Brunnen mit frischem Wasser. Ich war mir unsicher, ob ich es einfach so trinken konnte, ohne es vorher abgekocht zu haben. Ich beschloss, dass ich die Entscheidung vertagen würde. Ich hatte noch genug Vorräte an frischem Wasser. Als ich fertig war, zündete ich mir eine Zigarette an. Als Belohnung. Ich wollte sie nicht mehr einfach so rauchen, bloß, weil ich nicht wusste, wohin mit meinen Fingern, bloß, weil eine Nichtexistenz von Geschehnissen stattfand. Ich mochte dieses Laster. Weit mehr als ich das des Alkohols genießen konnte, denn dieses war immer nur ein Katalysator gewesen, eine Notwendigkeit um den Tag zu überstehen, nicht mal, um nachts die Augen zuschlagen zu können, sondern tatsächlich nur um den Tag zu überstehen!

Es war ein erträglich machen von allem, was nicht erträglich war. Was war Alkohol anderes als ein Meer, dass die schroffen Felsen der Erniedrigung zu runden Kieseln wusch und sei es nur für einen Tag, oder ein paar Stunden, eine Schmerztablette, ein Anästhetikum gegen den Wahnsinn der mir jeden Tag ins Gesicht geschlagen wurde, der eigentlich jedem, der es sich noch nicht in einem egozentrischen Weltbild gemütlich gemacht hatte, ins Gesicht geschlagen wurde. Nein, Alkohol war keine Droge des Genusses, wie es die Zigarette war, die man in einer lauen Sommernacht auf der Terrasse ansteckte, nein es war ein Vorhang, der sich vor die Bühne zog, auf der dieses unselige Schauspiel seelenloser Ermüdeter stattfand, die jeden Tag aufs Neue ihren sinnlosen Tanz, ihre Choreographie des Wahnsinns aufführten.

Ich nahm den letzten Zug und drückte die Zigarette in der Tasse aus. Ich drückte mich aus dem Stuhl und kniete mich über die erste Kiste, die sich mir in den Weg stellte. Ich wühlte kurz darin, dann wusste ich, dass ich nicht finden würde, wonach ich suchte. Ich überflog das Werkzeug, das ich bereits ausgepackt hatte, seufzte kurz und widmete mich der nächsten Kiste. Winterkleidung, Konserven, Kaffee, aber nicht wonach ich suchte. Dann entdeckte ich meinen Werkzeugkasten in einer Ecke. Scheinbar hatte ich ihn bereits in der Hand gehabt, seitdem ich hier war, ohne mich daran zu erinnern. Ich nahm ihn und ging wieder zurück zu meinem Wagen.

Ich lehnte mich in den Innenraum und zog an dem Hebel, der die Motorhaube öffnete. Dann ging ich um den Wagen herum und stemmte das Stück Metall in die Höhe, das

sonst den Motor unter sich verbarg.

Ich blickte auf ein Gewirr aus Plastik und Metall herab, das ich nicht verstand. Klar wusste ich grob wie ein Zylinder aussah und auch wo man Öl nachfüllen musste, wenn ein Lämpchen über dem Lenkrad leuchtete. Aber sonst?

Ursprünglich wollte ich die Zündkerzen ausbauen, aber nun wusste ich noch nicht einmal wo sie sich befanden, auch wenn ich wusste, wie sie als solche aussahen.

Ich stand ratlos herum und kratzte mich tatsächlich am Kopf und spürte erneut meinen halb abgerissenen Fingernagel, den ich zwar vergaß, wenn er nichts außer Luft berührte, der sich aber immer wieder in mein Bewusstsein bohrte, wann immer ich ihn unüberlegt gegen etwas rieb.

Ich wusste nicht wie lange ich so da stand, ohne mich zu bewegen, ohne mich zu regen, die rechte Hand auf dem von der Sonne gewärmten Metall des Wagens.

Ich ging in die Hocke und öffnete den Werkzeugkasten. Unbenutzte Schraubenzieher, Hämmer, Zangen lagen in ihm herum, Zeit meiner Obhut unbeachtet und nur in der Funktion von metallenem Gewicht, das auf dem Dachboden lastete, existierend, war es fast, als blickten sie mir ungläubig entgegen, weil sie nicht glauben konnten, dass ihnen die Sonne entgegen schien, wachgeküsste Dornröschens, still nebeneinanderliegend wie Zinnsoldaten.

Ich betrachtete die Situation eine weitere Weile, diesmal konzentriert und nicht gedankenverloren durch Dinge starrend, die sich nicht durchstarren ließen.

Ich griff nach einer Kneifzange und durchtrennte jedes Kabel, das ich erreichen konnte. Schweiß lief mir über die Stirn, in meine Augenbrauen, bis mein Augen brannten, obwohl es weder sonderlich warm, noch die Tätigkeit als solche, anstrengend war. Es war vielmehr ein innerer Eifer, der mich aufheizte und meinen Körper zu Reaktionen veranlasste, die die Umstände nicht rechtfertigten.

Ein prüfender Blick. Ich schien fertig.

Ich setzte mich auf den Fahrersitz und drehte den Zündschlüssel herum. Nichts. Nicht mal ein Zucken.

Ich spürte, wie ich im dem Sitz zusammensackte. Wie Angst und Erleichterung einen Kampf über die Deutungshoheit ausfochten. Nun war ich hier. Endgültig. Unabwendbar.

25

Das Gezwitscher der Vögel drang unvermittelter an mein Ohr als noch vor wenigen Sekunden. Ich konnte meine Atmung fühlen, nicht einmal, wie sich mein Brustkorb hob und senkte, vielmehr, wie ich Sauerstoff verbrauchte, wie ich aus Mund und Nase hinaus blies, was die Tanne, der ich dabei, unweit entfernt, in die Augen sah, wieder verwandeln würde, wären es nicht so viele Münder, die zu Fuße ihres Stammes betteln würden, die schroffe Rinde flehend streichelnd.

Und, oh, was waren meine Hände blutige. Kupferfarbene Schlieren würden einsame Muster auf die Rinde legen, wie Farbe in die groben Furchen eindringen und sich dahinter verstecken und erst wieder zum Vorschein kommen, wenn sich ein Stück der Rinde lösen und zu Boden sinken würde, und erst wenn das letzte Stückchen Borke sich zu Fuße des Baumes zur Ruhe gelegt hätte, würde man alle roten Striemen sehen, die sich dahinter angesammelt hatten und geräuschlos und unsichtbar den Stamm herabgeronnen waren.

Und doch lagen meine Hände still und frei von Zeichen auf dem Lenkrad meines Wagens, der nicht viel mehr noch war als ein Haufen Metall, der sich der Zeit und der Witterung entgegenstellte, wissend, dass es nur ein Winden, ein Strampeln gegen das Unumgängliche war, das bereits mit der Sekunde, in der ich eines der Kabel durchtrennt hatte, begonnen hatte, vor sich hin rostend, würde er vor der Hütte stehen. Bedeckt von Blättern, die sich hinter den Scheibenwischern verkeilen und kein Herbstwind davon wehen würde, vielleicht gar ein kleiner Ast, der einige Zeit auf der Motorhaube liegen würde. Die Sonne würde das schwarze Leder der Sitze bleichen, spröde machen, bis die Furchen und Risse immer tiefer werden würden. Nur ein Nuance jedes Jahr, genauso schleichend wie unaufhaltsam, bis man sich den Ursprung seines Daseins kaum noch würde vorstellen können.

Stoisch wiegte sich die alte Tanne im Wind. Sie ächzte nicht. Als wüsste sie, dass sie irgendwann gehen müsste, als wüsste sie, dass meine Hände sie berührt hatten und ihr nur blieb, ihren Frieden damit zu machen. Als wäre es ihr klar, sich nicht bewegen, nur erdulden zu können, was um sie herum geschah. So stand sie da, ihre Wurzeln in den Boden gegraben, festgekrallt an dem was ihr noch zum Festkrallen geblieben war.
Ich stieg aus dem Wagen und ließ die Tür hinter mir in der Luft baumeln.

Ich ging auf die Tanne zu, berührte das allererste Mal tatsächlich ihren Stamm und fuhr mit der Hand über das Holz. Ich hielt inne und sah auf meine Füße, die sich hinter Schuhen verbargen.
Wenn sich die Tanne nur bewegen könnte, sie stünde nicht an diesem Ort!

Ich streifte meine Hände an meiner Hose ab, sah auf den Finger, der immer noch bar eines Fingernagels war. Er würde sich erholen, wenn ich vorsichtig war. Schon in ein paar Wochen würden alle Spuren verschwunden sein, nur noch eine unsichtbare Karteikarte in meinem Kopf sein, deren Existenz vielleicht sogar ich eines Tages vergessen würde.

26

Einige Monate später, weiß ich, dass ich ihn nicht vergessen würde. Mir blieb nicht mehr genug Zeit, um ihn zu vergessen.
Als ich die Hütte verlassen hatte, legte ich dem Fuchs noch ein bisschen Futter an die Stelle, an die er immer zu kommen pflegte. Ich war mir ziemlich sicher, dass es sinnlos war, ich habe es trotzdem getan. Vielleicht auch gerade deshalb.

Ich hatte so viele Dinge in meinem Leben getan. Bedeutungslose zumeist und auch bei allen, die ich zu dem Zeitpunkt, zu dem ich sie tat, für wichtig oder eben bedeutend gehalten hatte, war ich mir heute sicher, dass es keinen Unterschied gemacht hätte, für was ich mich entschieden hätte. Meine Katze, die ich als kleiner Junge hatte, wurde, während die ganze Familie im Garten zusammensaß und gegrillt hatte, von einem Lastwagen überfahren. Ein paar Jahrzehnte später meine Frau ebenfalls. Mitte zwanzig wurde ich in einem Marktforschungsinstitut entlassen, weil meine Performance unzureichend gewesen war. Ich hatte einen Ferienjob geschmissen, nach zwei Tagen, weil mich eine alte, dicke Frau ständig drangsaliert hatte. Ich hatte ihr meine Stechkarte entgegen geschmissen und ihr gesagt, dass sie hier gerne verrotten könne, aber ohne mich.

Heute würde ich mich bei ihr entschuldigen. Auch wenn sie eine niederträchtige Person gewesen war. Aber vermutlich konnte sie nichts dafür. Hätte ich diese Arbeit länger machen müssen, ich denke, ich wäre schlimmer gewesen.

Über Umwege war ich in der Politik gelandet. Nichts davon war geplant. Zufall trifft es am besten. Was tat ich? Dinge, die, wenn ich sie nicht tat, jemand anders getan hätte. Das macht es zwar nicht besser, aber worauf ich hinauswollte: Ich glaube nicht, dass es einen großen Unterschied gemacht hat, was ich in all den Jahren, in denen ich Boden unter den Füßen hatte, getan habe.

Vielleicht würde ich nicht hier sitzen. Nicht hier auf diesem Hügel, nicht auf diesem etwas größeren Felsen, der aussah, als würde er sich aus dem Erdreich herausarbeiten wollen, wie ein Weisheitszahn aus Zahnfleisch.

Wipfel und Himmel berührten sich einige Kilometer von mir entfernt. Die Tage glichen sich und es wurde mit jedem Grad, dass es kälter geworden war, später am Tag, dass ich meine Beine unter der Decke hervor schob und begann die gleichen Dinge zu erledigen, die ich auch schon am Tag davor erledigt hatte. Ich zeichnete noch vereinzelt, wenn die Tage besonders dunkel waren. Manchmal gelang es mir in die Welt der Leinwand einzutauchen und nur meinen Körper in der Hütte zurückzulassen, meistens verblieb aber auch mein Geist an Ort und Stelle und jeder Strich, den ich zog, war nur ein Verleben von Zeit und sonst nichts.

Ich war hier heraufgekommen, um zumindest die Illusion von Weite erleben zu können, um sehen zu können, dass es Orte um mich herum gab, die ich zwar nicht aufzusuchen gedachte, oder konnte, aber die zumindest existierten, um sicherzugehen, dass außerhalb meines Geheges überhaupt noch irgendetwas existierte.

Ich musste an Michael denken. Wo er wohl gerade war? Ob er noch existierte?

27

„Was ist mit Bachmann?", fragte mich Michael, während er mit einem Zahnstocher versuchte Überreste von Krustentieren aus seinen Zähnen zu entfernen.

„Bachmann könnte uns ein paar Informationen zuspielen, ohne, dass wir selbst irgendwo auftauchen müssen!", fügte er an.

Ich überlegte und schenkte mir ein Glas Wasser ein, nahm einen Schluck und sah Michael in die Augen.

„Presse ist gefährlich, Michael! Bachmann ist gefährlich! Er ist gut, er ist schlau, er ist auf unserer Seite – aber er mag uns nicht, das weißt du und er ist auch nicht Mutter Theresa. Er wird etwas haben wollen, wenn wir ihn dazu bekommen, uns zu helfen!", sagte ich schließlich.

„Gigantische Arschlöcher, die mit den falschen Mitteln versuchen, noch gigantischere Arschlöcher zu verhindern!"

„Was?" Ich war verwirrt.

Michael schmunzelte. „So hat er uns mal genannt. Zwei, drei Jahre dürfte das her sein. Ich bin ihm mal in einer Hotellobby begegnet. Obwohl wir uns nicht mögen, haben wir uns noch ein paar Stunden in die Bar gesetzt und uns unterhalten. Da hat er diesen Satz gesagt. Manchmal sei ein gigantisches Arschloch immer noch besser, als gar keine Gesellschaft, habe ich ihm entgegnet. Wir haben angestoßen und waren uns einig."

Ich musste lachen. „Mein Gott, er hat ja Recht. Ich kann ihn auch nicht ausstehen, aber ich glaube, die Idee ist gut."

„Welche genau?"

„Wir müssen uns mit Bachmann treffen. Heute noch. Wir werfen ihm ein paar Informationen hin. Nicht viele. Nur, dass er einen Ansatzpunkt hat. Und dann soll er anfangen zu schnüffeln. Natürlich so, dass keiner Wind von der Sache bekommt. Aber er hat schon oft bewiesen, dass er das kann. Wir geben ihm zwei Tage. Maximal drei.

Wenn er dann nichts herausgefunden hat, können wir davon ausgehen, dass es auch kein anderer wird und wir versuchen es totzuschweigen und schieben sie so oft wie es geht vor irgendeine Kamera, um abzulenken. Vielleicht sollten wir sie noch irgendetwas sagen lassen, das so ein bisschen aneckt. Nichts wildes, aber so, dass die Presse zumindest etwas hat, woran sie sich abarbeiten kann." Ich holte tief Luft. Ich überlegte, ob ich überhaupt einmal Luft geholt hatte, während meines Vortrags.

Michael legte den Kopf auf die Seite und überlegte. Nach einer Weile platzierte er den Zahnstocher auf dem Tisch und wischte sich mit der Serviette über den Mund.

„Das ist gut. Das ist nicht, woran ich gedacht habe, als mir Bachmann eingefallen ist, aber das ist gut. Wir lassen ihn herausfinden, was herausfindbar ist und bleiben in Deckung. Nichts fällt auf uns zurück. Gefällt mir, gefällt mir sehr!

Zwei Fragen habe ich aber. Erstens: was machen wir, wenn er doch etwas herausfindet. Und noch schlimmer, was, wenn er alles herausfindet? Zweitens: Was können wir ihm bieten, dass er die Story nicht bringt? Insbesondere, wenn er etwas herausfindet? Auf Geld scheißt er, das weißt du so gut wie ich!"

„Ab einer gewissen Summe-"

„Vergiss es!", unterbrach er mich sofort.

Ich dachte nach. „Irgendein Posten? Nicht ganz oben, aber auch nicht völlig bedeutungslos?"

„Bachmann ist eitel, ja. Aber er wird den Teufel tun und die Seiten tauschen. Den kannst du zum Präsidenten erklären und er würde dir den Vogel zeigen. Das ist nicht die Art von Anerkennung, mit der er sich schmücken möchte."

Ich rieb mir die Stirn.

„Es nützt nichts!

Wir zahlen, gehen zurück in mein Büro und wenn uns bis dahin nichts besseres eingefallen ist, gehen wir den Pakt mit dem Teufel ein. Oder versuchen es zumindest. Irgendetwas wird es schon geben, womit wir Bachmann ruhiggestellt bekommen.

Du hast seine Nummer?"

„Ja!"

„Ruf ihn an, wenn wir in meinem Büro sind. Bevor du dir den nächsten Wodka einschenkst, ist das klar?"

Er lachte und winkte dem Kellner. Keine fünf Minuten später, klackten die Holzsohlen unserer Schuhe bereits auf dem Bürgersteig.

II

28

Wenige Wochen später war die Welt um mich herum eine andere geworden. Das Zwitschern der Vögel war leiser geworden. Und seltener. Ein schrittweises Verflüchtigen bis irgendwann das Ende aller Töne, gedämpft und erstickt von einem Mantel aus Schnee der letzte der Momente sein würde.

Dennoch fiel es mir an diesem Morgen das erste Mal auf, als ich vor die Tür trat, um Nachschub für den Ofen zu holen. Meine schwielige Hand schob das raue Holz zur Seite. Stunden und Aberstunden hatte sie in den letzten Wochen die Axt herabsausen lassen.
Ich lauschte über die Lichtung in den Wald hinein. Mir war, als wäre jeden Tag nur ein einziger Vogel verstummt, damit ich es nicht merkte, dass irgendwann nur noch die Stille zu mir sprechen würde, nur noch der Lärm des Nichts, der so viel lauter, so viel durchdringender sein konnte, als jedes noch so grobe Geräusch.
Noch war der Winter nicht da, aber doch versandt er bereits seine Warnungen, die der sah, der sie sehen wollte, der nicht nur hoffte, er möge kurz und milde an ihm vorüberziehen, ein paar Flocken hier und da, einige

eisige Nächte zur Jahreswende und der Frühling würde schon wieder seinen milden Blick durch die Wälder wandern lassen.

Ich spürte, dass es nicht so kommen würde, ohne sagen zu können, warum.

Ich warf ein paar Scheite in den Ofen und entzündete das Feuer. Ich nahm einen der Stühle, stellte ihn direkt davor und ließ mich auf ihn sinken. Ich war in der Nacht zuvor zu früh eingeschlafen und die letzte Glut war bereits vor Stunden erloschen. Die Nächte waren bereits eisig und während ich mir eine Zigarette zwischen die Lippen klemmte, konnte ich meinen Atem davonziehen sehen, bis er sich irgendwann auflöste. Ich hielt die Zigarette ins Feuer, führte sie zurück zu meinem Mund und nahm einen tiefen Zug.

Krumm und buckelig hatte sich der Nagel auf meinem Finger den halben Weg bis zur Kuppe vorgebahnt. Kaschieren würde er für alle Zeit, was ihm angetan wurde, aber nie ganz verbergen.

Er war für immer Teil, für immer ein Blatt am Baum des vielleicht einzig Göttlichen, dem, alles Geschehenem, allem, dass irgendwann für einen Wimpernschlag um seiner selbst Willen entzündet und erloschen war, ob bedeutsam oder nicht, gleich wie viele Augen es dabei betrachtet hatten, das einzig Göttliche, ein allsichtiger Archivar, dessen unbestechliche Sammlung nie vergaß und stoisch und ungelesen in den dunkelsten Räumen verstaut wurde.

Ich schnippte Asche auf den Boden. Ich hatte mir abgewöhnt eine Tasse zu verwenden, die ich jedes Mal wieder, mit mühselig zu beschaffendem Wasser, reinigen musste. Für die Holzdielen genügte ein Besen ab und an. Den musste ich nicht mit großer Anstrengung aus dem Boden fördern.

Wenn ich an all die Dinge dachte, die ich am meisten vermisste, so kam fließend Wasser klar an erster Stelle. Niemand, der jederzeit dieser Selbstverständlichkeit ausgesetzt war, hatte auch nur den Hauch einer Vorstellung, was es bedeutete, darauf verzichten zu müssen. Elektrizität oder gar eine absurde Monstrosität wie das Internet, waren nichts dagegen. Sie machten Dinge einfacher, die man nicht brauchte. Das war alles.

Nichts hatte Bestand hier, nichts Bedeutung. Jedes Blatt Papier, gleich was auf ihm geschrieben stand, welche Wege die Tinte in seine Fasern genommen haben mag, jeder Ruf, der ungehört im Wald verscholl, jeder Schluck Whisky, der erst meinen Mund befeuchtete und dann sein schmackhaftes Gift in meinen Körper schoss, was spielte es für eine Rolle, pflanzte doch nichts davon eine Kartoffel in den Boden, hob mir ein Scheit Holz in den Ofen, oder füllte es eine dieser geschmacklos mit Hähnen bemalten Tassen mit Wasser. Was hatte ich alles um mich geschart, was hatte ich alles begehrt! Es waren nicht nur teure Uhren, Teppiche, denen man beim Betreten des Foyers ansah, dass sie handgeknüpft waren, und all das andere, über das ich nie nachdenken hatte müssen, ob ich es mir leisten konnte, als ich es bezahlte. Ja, all das, was mein Haus, meinen Kleiderschrank gefüllt hatte, war es auch, aber es war nur ein Symptom. Wonach ich sann, war dieser kleine Moment. Dieser Wimpernschlag, diese Sekunde, in dem man es in den Augen des Menschen, der einem gegenüber stand, lesen konnte, auch wenn es oft so schnell verschwand, wie es ihm über die Iris huschte. Ehrfurcht. Anerkennung. Bewunderung. Und all die anderen Begriffe, die doch das gleiche bedeuteten. Ich hatte es geschafft! Ich war besser als andere, als die meisten sogar. Man konnte es, wenn man darauf achtete, sehen, und war es nur für einen Moment, erntete ich diese Blicke, wie Bauern im Herbst die Früchte der Arbeit eines ganzen Jahres. Mit Stolz, mit Erleichterung, mit der sicheren Gewissheit, mir selbst gegenübertreten und mich für gut befinden zu können. Ich konnte mir selbst den Anzug glatt streichen, die Fliege zurecht rücken und vor all die Menschen treten, mit denen ich mich umgab, mit breiten Schultern, die in meinem Kopf noch viel breiter waren, als sie tatsächlich Luft verdrängten und das große Lächeln in meinem Gesicht, dass jedem um die Ohren schlug wie glücklich ich doch war, ob er es wollte oder nicht.

Ich war nicht glücklich gewesen. Aber es hatte diesen Ort gebraucht, um es zu realisieren. Glück war die Absenz von Sorgen geworden, vielleicht war es auch nie etwas anderes gewesen. Jemals.
Ich wusste, ich hatte genug zu essen für den nächsten Tag, genug zu trinken und würde es warm haben. Das

war Glück. Und wenn es das nicht war, fühlte es sich jedenfalls genauso an.

Hätte ich einen Spiegel, hätte ich in ihn hinein sehen können und ich hätte mich gesehen.

Falten auf den Wangen, vielleicht sogar bereits am Hals, Dreck unter den Fingernägeln, graue Haare an den Schläfen und willkürlich im Bart verstreut, ein Loch in dem Hemd, das ich trug, weil ich vor einer Weile an einem Ast hängen geblieben war. Nicht das Antlitz eines Jemand, der Cover von Magazinen zieren würde, aber es war was blieb, wenn die Schminke abgewaschen war, wenn alles an einem herabgeronnen war, was dem eigenen Blick zwar Stand hielt, aber sich sobald es berührt wurde, auflöste und im Abguss verschwand, ohne die Chance, es je wieder zurückzuholen.

Hätte ich einen Spiegel, hätte ich in ihn hinein sehen können und ich hätte mich gesehen.

29

Eine Schneeflocke fiel auf meinen Handrücken. Die erste hier draußen. Die erste Schneeflocke hatte sich meinen Handrücken ausgesucht, um darauf zu zerschmelzen. Ich legte den Kopf in den Nacken und sah in den Himmel. Nichts war zu sehen als

Grauschlieren, die in ungefährer Entfernung über mich hinwegzogen. Und ganz vereinzelt fiel ein kleines weißes Etwas zu Boden. Wäre ich in der Hütte gewesen, ich hätte es vermutlich gar nicht wahrgenommen. Es war auch noch zu warm für Schnee. Jede Flocke, die nicht auf meiner Hand landete, würde ebenso an einem Grashalm oder auf der baren Erde schmelzen, bevor sie Teil einer Zentimeter für Zentimeter wachsenden Schicht aus einzigartigen Fragmenten, eines schweigenden Mosaiks werden konnte, das sich bald über alles Sichtbare legen würde wie ein Leichentuch.

Es würde noch dauern. Aber es würde so kommen. Und ich wusste die Nachricht, die diese erste Flocke bei sich trug, zu deuten.

Es war mühselig gewesen hier draußen. Jeder einzelne Tag bisher war ein Kampf gewesen. Schnee würde meine Lage nicht verbessern.

Die Nächte wurden länger. Hier zählte es noch, wann die Sonne aufging und wann sie sich hinter die Wipfel stahl. Es gab keinen Schalter, den man umlegen konnte und der alles negierte, der Licht auf alles warf, wenn sonst keines mehr schien. Ich spürte jede Minute, die mir der Winter stahl. Ich konnte erst später am Tag die Hütte verlassen, für alles was zu tun war, und musste früher wieder zurückkehren. Jeden Tag ein paar Minuten weniger. Als würde eine unsichtbare Hand die Tage wie eine Zitrone immer fester ausdrücken, bis alles Fruchtfleisch herausgequetscht war und nur noch die

Schale und ein paar unförmige Kerne übrig waren, die einem dann als ganzer Tag entgegen gehalten wurden.

Ich kam zu mir und überlegte, wie lange ich einfach nur dagestanden war und die vereinzelten Schneeflocken beobachtet hatte. Es war nahezu windstill und so wehten sie mir nicht entgegen, sondern legten sich friedlich danieder, ein einziges und ein letztes Mal, bevor sie das Blatt eines Klees, oder irgendeiner anderen Pflanze herabrinnen würden. Oder die Windschutzscheibe meines Autos, das keines mehr war.
Wie einfach all die Dinge ihre Funktion verloren. Nie bedurfte es viel, bis etwas nicht mehr dem entsprach, wonach es aussah. Zeigte man mir ein Foto von meinem Wagen und fragte mich, was ich sah, würde ich genau dies als Antwort geben, ohne zu wissen, dass seine Eingeweide verstümmelt waren und es nur noch ein Haufen Metall, der auf etwas Gummi auf dem Boden stand, war.
Ich blickte auf den Truck.
Nein, äußerlich war ihm nichts anzusehen. Er sah genauso aus, wie an dem Tag, als ich das erste Mal hier aus ihm ausgestiegen war. Nichts verriet, dass unter seiner Motorhaube alle erdenklichen Kabel durchgeschnitten waren, dass er einfach nur hier herumstand, weil er nicht verschwinden konnte, geblieben war nur die Summe seiner Einzelteile, nichts als eine Hülle, die vorgaukelte etwas zu sein, zu dem er längst nicht mehr in der Lage war.

Ich spürte, wie ich wütend wurde. Nicht auf den Wagen, nicht auf die Umstände, wie ich so da stand, mit einer geschmolzenen Schneeflocke auf dem Zeigefinger, drei leeren Plastikflaschen in der anderen Hand, bereits jetzt erbärmlich frierend, obwohl ich wusste, dass mich noch ganz anderes erwarten würde, nicht auf mich, aber dennoch wütend. Ich wusste nicht, worauf ich wütend war. Es war nicht greifbar für mich, ich konnte es nicht festhalten und schütteln und durch die Gegend schleudern. Und dennoch hüpfte das Gefühl in meinem Kopf umher, als würde es einen nicht mehr benötigten Karton für den Altpapiercontainer platttreten wollen.

Ich blickte auf die Flaschen in meiner Hand. Ich war vor die Tür getreten, um Wasser zu holen. War ich wütend, weil ich in der Kälte Wasser aus dem Brunnen pumpen musste? Ich dachte darüber nach, kam aber zu dem Schluss, dass es nicht das Wasser holen selbst war, das mich wütend machte, sondern die Tatsache, dass ich keinen anderen Ausweg gesehen hatte, als hier zu sein, hier zu bleiben. Und nein, es hatte auch keinen anderen Ausweg gegeben, als den totalen, als die komplette Annihilation meiner Selbst, als hier zu sein.

Ich war nicht wütend, dass ich hier war, ich war wütend, dass ich hier sein musste.

Und so stand ich hier und alle Kabel in mir waren durchtrennt.

30

Ich schlenderte den schmalen Pfad in Richtung des Brunnens entlang. Es war zwar kalt, aber ich schlenderte dennoch. Ich fror. Aber trotzdem fand ich es unsinnig, mich zu beeilen, um eine Minute früher zurück in der beheizten Hütte zu sein. Was brachte es mir schon? In ein paar Tagen hatte ich diese Minute ohnehin schon wieder vergessen. Und ein paar Minuten um diese eine Minute herum ebenso. Warum also all die Anstrengung im Jetzt, wenn sich das Dann doch kaum noch daran erinnern würde?

Ein dünner Ast, der über den Weg ragte, streifte meine Wange, als wäre es ein beiläufiges Liebkosen, eine dieser flüchtigen Gesten, die einem unterbewusst unterliefen, wenn man in sinnloser Glückseligkeit das Gefühl hatte, die Person, die dafür verantwortlich war, unbedingt berühren zu müssen.

Ich musste schmunzeln.

Außer meinen Schritten konnte ich keine Geräusche ausmachen. Ich sah auf den Boden vor mir und wie die schweren Stiefel, die ich trug ihn unter mir vorbei schoben. Er war noch nicht gefroren und fühlte sich dennoch so viel härter und unnachgiebiger an, als noch vor ein paar Wochen. Ich lief um eine große Tanne, die mitten auf dem Trampelpfad, den ich selbst eingelaufen hatte, stand. Sie war nicht von Jahreszeiten zu beeindrucken. Sie stand da, gleich ob Winter oder Sommer, Frühling oder Herbst und reckte ihre zahllosen Arme in die Luft. Nie riss sie ihr Kleid von sich und zeigte sich nackt, immer war sie herausgeputzt, adrett. Stets wahrte sie die Etikette und es gab keine Tür, die sie hinter sich zuschlagen würde, um dahinter ungesehen zusammenzusacken, zu einer zu frühen Stunde ein Glas mit Whisky zu befüllen und mit ungewaschenen Haaren, nur einen Bademantel um die Hüften, den Tag all die Dinge treiben lassen, die ein Tag so trieb, ohne sich damit zu beschäftigen oder es gar zu bemerken. Es gab kein ihrer Selbst Willen, es galt Haltung zu wahren, während links und rechts von ihr das Laub zu Boden segelte, ungeniert und frivol. Nicht so die Tanne, sie stand stoisch, mit mildem und doch auch missbilligendem Blicke da, gerade, nicht gebückt und strich sich die eine oder andere Nadel zurecht.

Ich erreichte den Brunnen und stellte die Flaschen auf den Boden. Er hatte sich nicht verändert, seit ich ihn zuerst entdeckt hatte. Immer noch die gleichen grauen Flächen, an denen die grüne Farbe abgeplatzt war. Es brauchte wohl mehr Zeit, ihn zu verändern, ihn verwittern zu lassen, ihn mit jedem kleinen Stück Lack, das von ihm abblätterte, weiter von dem zu entfernen wie er einmal ausgesehen hatte, wie er einmal erdacht worden war und wie er auszusehen hatte. Niemand hatte sich seit sehr langer Zeit darum geschert, wie er aussah. Er stand nun mal da, wo er stand und sah aus, wie er aussah. Er konnte nicht anders und er musste es auch nicht. Ich hatte zwar seine Ruhe gestört, aber er konnte sicher sein, dass es mir gleich war, wie heruntergekommen er mir entgegen trat, solange er Wasser zu Tage förderte, konnte er dabei aussehen wie er mochte.

Ich hasste den Gedanken bereits in der Sekunde, in der er in meinen Kopf geschossen war.

Mein Leben war lange genug voll gewesen mit hässlichen Brunnen, deren einzige Aufgabe gewesen war, zu funktionieren.

Ich stellte die Flaschen nacheinander in eine Vorrichtung, die ich aus mehreren Kieseln, die ich in einem kleinen Kreis arrangiert hatte, gebaut hatte, so dass sie nicht umfielen, während ich sie befüllte. Es war kein architektonisches Meisterwerk, aber es ließ mich, ohne mich verrenken zu müssen die Flaschen befüllen. Wie erwähnt, war Ästhetik kein Wert hier draußen. Wie um meinen Gedanken zu bestätigen, fuhr ich mir mit einer Hand durch meinen ungepflegten Bart und begann anschließend das Wasser aus dem Boden zu pumpen.

Wieder zurück in der Hütte stellte ich die Flaschen neben den Ofen, damit sie ein wenig der Wärme, die er ausstrahlte in sich aufnehmen konnten.

Ich warf meine Jacke auf den Tisch, fuhr mir durch die Haare und sah mich in der Hütte um. Es würde bald dunkel werden und somit war nichts mehr zu tun an diesem Tag für mich. Und dennoch hatte er noch Stunden für mich übrig, die ich zu erleben hatte, wollte ich oder nicht. Nichts würde mehr geschehen, nicht für mich zumindest. Ich würde meine Füße auf einen Stuhl legen und dem Ofen entgegen strecken, um nicht zu frieren. Ich würde da sitzen und Dinge anstarren, die ich nicht wirklich sah, ein paar Schlucke Whisky aus einer unpassenden Tasse trinken und darauf warten, dass die Müdigkeit über mich kam. Es waren zähe Stunden.

Ich mochte die Tage hier draußen. Die klare Luft, die ich einatmete, während ich Holz hackte, Wasser holte, oder einfach nur die Umgebung erkundete.

Auch die Nächte waren in Ordnung. Das Bett war zwar weiterhin nicht sonderlich bequem, aber mein Körper hatte sich mittlerweile daran gewöhnt und ich schlief gut und wachte auch ohne Schmerzen am nächsten Morgen auf.

Nein, es waren die Abende! Es waren die Abende, die zu lange und zu tief in mir gruben und wenig von mir übrig ließen als ein bisschen rohes Fleisch und ein paar Knochen, die noch von einem dünnen Faden zusammengehalten wurden, der verhinderte, dass ich mir selbst entgegen explodierte.

31

Stunden später legte ich mich in das schmale Bett, deckte mich zu und wartete darauf, dass der Schlaf mich überkam.

Ich wälzte mich von einer Seite auf die andere, starrte mit offenen Augen, in die langsam vor sich hin glimmende Glut. Es kam mir wie eine Ewigkeit vor, auch wenn vermutlich nicht sonderlich viel Zeit verging, bis ich zunächst zwischen den Welten hin und her mäanderte und sich schließlich meine Lider ein letztes Mal für diesen Tag schlossen.

Als ich am nächsten Morgen erwachte, brauchte ich ein paar Momente, um zu mir zu kommen. Ich kniff die Augen zusammen und rieb mir die Stirn. Irgendetwas war anders als sonst, aber ich konnte nicht direkt ausmachen, was es war. Ich schwang die Decke zur Seite und meine Beine aus dem Bett. Es war nicht kalt in der Hütte, was mich stutzig machte. Plötzlich war ich hellwach, als genügte es zu bemerken, dass es warm war, obwohl es unmöglich so sein konnte, dass sich die letzten Fesseln des Schlafs von meinen Gliedern lösten. Ich stand auf, ging zum Fenster und schon, bevor ich das Fenster erreichte, sah ich bereits die Flammen, die sich am Rande der Wiese, wo die ersten Bäume standen durch alles fraßen, was ihnen in den Weg kam. Es schneite nicht mehr, stellte ich fest. Ich drückte mein Gesicht tatsächlich an die Scheibe um möglichst viel erkennen zu können. Das Glas war nicht mehr kalt, aber die Flammen noch zu weit entfernt, um es wirklich zu erhitzen, oder gar zum Bersten zu bringen.
Ich konnte nicht fassen, nicht begreifen, was ich sah. Wohin ich sah: Feuer! Alles was ich vom Fenster einsehen konnte, brannte lichterloh.

Ich rannte zur Tür und warf mich regelrecht dagegen, so dass sie aufflog und gegen die Hütte knallte, als gäbe sie ihr eine Ohrfeige. Ich warf meinen Kopf nach rechts, dann nach links. Es war unnatürlich heiß. Um mich herum ein Kreis aus Flammen und Asche regnete gespenstisch raschelnd vom Himmel und legte sich auf meine Haare, meine Schultern und das Gras um mich herum. Ich musste husten. Ich war umzingelt, ein Kreis aus Feuer hatte sich um mich zusammengezogen und näherte sich mir wie ein Rudel Wölfe, dass hungrig seine Zähne fletschte im Anblick der fast schon erlegten Beute.

Ich spürte wie mir die Tränen kamen, ohne dass ich es kontrollieren konnte. Ich konnte nicht glauben, was ich sah und musste mich gar an der Hütte stützen um nicht einfach zusammenzubrechen, wie eines dieser Holzspielzeuge, die nur auf Grund gespannter Fäden aufrecht standen, es sei denn man drückte von unten auf einen Knopf. Dann sackte es in sich zusammen.

Ich fühlte mich, als hätte man mir alle Sehnen und Muskeln mit einer Machete zerteilt und es gab keine Spannung mehr in mir, die meinen Körper zusammenhielt.

Es waren nur wenige Augenblicke, die ich so dastand, mich kaum auf den Beinen halten könnend.

Plötzlich schwoll ein Grollen aus der Entfernung an und wurde schnell lauter. Ich sah mich um, konnte aber nichts erkennen. Erst als es nahezu ohrenbetäubend laut wurde, blickte ich in den Himmel und erkannte durch den dichten Rauch über mir die Umrisse eines

Flugzeuges, das viel zu dicht über mich hinweg flog. Es konnte kaum hundert Meter entfernt gewesen sein.

Das Donnern schwoll wieder ab, so schnell wie es gekommen war. Gerade als ich mich wieder zur Tür drehen wollte, ertönte eine Explosion aus der Richtung, in der der Brunnen lag. Ich spürte, wie der Boden unter meinen Füßen kurz vibrierte. Wenige Sekunden später eine zweite Explosion. Dann wieder Stille und das Knistern und Ächzen der Bäume, an dessen Gliedmaßen die Flammen zehrten.

Ich ging zurück in die Hütte und schloss die Tür hinter mir. Immer noch liefen Tränen meine Wangen herab.

Wäre ich nur nie hier heraus gekommen! Ich würde elendig verbrennen und niemand würde es bemerken. Nach dem Flugzeug würde man suchen. Nach mir nicht. Ich musste an meine Frau denken und wie sie aussah, als ich sie ein letztes Mal auf dieser unerträglichen Metallplatte liegen sah. Ich weiß noch, dass ich sie minutenlang angestarrt hatte, aber nicht erkennen konnte. Nicht, dass sie so entstellt war, dass ich nicht zweifelsfrei bestätigen konnte, dass es sich bei dem Körper auf der Bahre um meine Frau gehandelt hätte. Und dennoch war sie es nicht. Jede Essenz, alles was in ihren Augen geschrieben gestanden hatte, war ausgelöscht, ausradiert. Es war nicht meine Frau. Ein Körper lag vor mir, aber nicht meine Frau. Nicht sie. Sie hatte keine Eigenschaften mehr.

Ich wollte mir nicht vorstellen, wie ich aussehen würde, würde man mich jemals finden, beziehungsweise ein paar Zähne von mir. Viel mehr blieb wahrscheinlich nicht, wenn das Feuer die Hütte erreichen würde.

Ich hörte Schüsse. Zumindest bildete ich mir ein, dass es Schüsse waren. Zunächst dachte ich, die Geräusche könnten auch vom Feuer herrühren. Aber dann waren es Salven, die nur von einem Maschinengewähr stammen konnten. Und sie kamen näher.

Ich war mir nicht sicher, was um mich herum vor sich ging, aber ich war mir ebenso nicht sicher, ob ich Teil davon sein wollte. Ich ging zu der Truhe zu Fuße meines Bettes und hob den schweren Holzdeckel an. Ich griff mit der einen Hand die Schrotflinte, mit der anderen die Munition, die direkt daneben lag.
Ich ging zum Tisch, strich noch einmal über seine Oberfläche und legte dann das Gewehr auf ihm ab. Ich zog den Pullover aus, den ich trug, bestückte das Gewehr mit der Munition und entsicherte es.

Ich ging zu dem Schrank, in dem ich den Whisky aufbewahrte und schenkte mir ein volle Tasse ein.
Ich ließ mich auf einen der Stühle sinken, eine Hand auf der Waffe, eine an der Tasse. Ich nahm einen großen Schluck. Dann noch einen.
Ein Schatten huschte an der Wand vor mir vorbei. Ich drehte mich ruckartig um, konnte aber niemanden hinter dem Fenster erkennen, und wusste doch instinktiv, dass ich nicht mehr alleine war.

Ich leerte die Tasse mit einem letzten großen Schluck und wusste, dass es soweit war.

Keine weitere Aufführung mehr. Mein Stück war abgesetzt

Irgendetwas explodierte und riss die komplette Wand, die wenige Meter entfernt von mir stand, in Fetzen und wenige Sekunden, nachdem sich der Staub gelegt hatte, konnte ich alles erkennen.

Die lodernden Flammen im Wald, einige Meter entfernt, bildeten den Hintergrund. Auf der Bühne blickte ich in den gigantischen Lauf eines Panzers, den ich berühren könnte, würde ich die Hand ausstrecken. Daneben war eine Flagge in den Boden gerammt worden, die Symbole zierten, die ich noch nie zuvor gesehen hatte. Dann ein Klicken. Noch ein Klicken. Als würde jemand den Abzug einer nicht geladenen Waffe betätigen. Ein weiteres Klicken. Und noch eins.

Dann entwichen alle Geräusche und alle Bilder, jeder Geschmack und jedes Gefühl.

32

Ich erwachte. Nicht langsam und sich Schritt für Schritt vortastend, wie man es manchmal tat, wenn man besonders lange geschlafen hatte, sondern von einem Moment auf den anderen. Ich schlug meine Augenlider auf und blickte zunächst an die Decke. Sie war noch da. Ich sah an mir herab, tastete mein Gesicht und meinen Oberkörper ab. Alles schien an seinem Platz und unversehrt.

Erst danach bemerkte ich, dass ich auf dem Boden vor dem Ofen lag und nicht im Bett. Mein Rücken schmerzte, meine Hüfte ebenso. Ich stand auf und wollte zum Fenster gehen. Mein linkes Bein war eingeschlafen und ich fiel bei meinem ersten Schritt beinahe wieder zu Boden und musste mich am Tisch festhalten und warten, bis das Kribbeln aus meinem Bein verschwunden war.

Aber auch von hier aus konnte ich sehen, dass alle Bäume noch dort standen, sanft mit dem Wind tanzend, wo ich sie am Vorabend zurückgelassen hatte.

Alles war nur in meinen Gedanken passiert, surreale Schlieren, die sich durch meinen Verstand gezogen hatten und die so schnell verflogen waren, wie sie gekommen waren. Nicht eine Sekunde meines Traumes hatte ich daran gezweifelt, dass alles nicht wirklich war. Ich hatte die Hitze gefühlt, den Geruch des Rauchs und der Geschmack des Whiskys. Es hatte sich echt angefühlt.

Ich ging zu der Truhe vor mein Bett und öffnete sie. Das Gewehr lag unangetastet darin. Ich schloss sie wieder und griff mir den großen Eimer, mit dem ich stets das Holz aus dem Schuppen in die Hütte trug. Jeden Morgen aufs Neue. Ich dachte gar nicht mehr darüber nach. Früher war es Kaffee aufsetzten und am Fernseher einen Nachrichtenkanal einschalten, um über jede noch so kleine Belanglosigkeit Bescheid zu wissen. Nun war es eben Holz zu holen und den Ofen zu entzünden.

Ich trat vor die Tür und legte den Kopf in den Nacken. Graue Wolken zogen gelangweilt und gemütlich über mich hinweg. Zwischen ihnen blitzte hier und dort der blaue Himmel hindurch. Er hatte eine andere Farbe als in der Stadt. Es war mir schon länger aufgefallen. Es war ein anderes Blau. Irgendwie direkter und gröber.

Ich sah wieder auf die Wiese vor mir und erstarrte. Wenige Meter von mir entfernt auf halbem Weg zum Schuppen stand ein Fuchs und starrte mich aus seinen kleinen orangefarbenen Augen an. Sein buschiger Schwanz hing regungslos zu Boden. Die Schnurrhaare an seinem linken Mundwinkel zuckten ein wenig, sonst hätte er auch ausgestopft sein können, so starr stand er da.

Aber leicht hätte er auch das gleiche von mir denken können. Er sah nicht aggressiv oder angriffslustig aus. Ich wusste ja nichts über Füchse, bezweifelte aber, dass dieses Tier, kaum größer als eine dicke Katze mir gefährlich werden konnte.

Ich musste mich an der Wange kratzen und in der Sekunde, in der ich meinen Arm hob, schoss der Fuchs davon und verschwand zwischen den Bäumen und Büschen. Ich blieb noch einen Augenblick stehen und sah ihm hinterher, bevor ich das Holz für den Ofen holen ging.

Ich frühstückte etwas und trank eine Tasse Kaffee. Anschließend nahm ich mir eine leere Leinwand und drei Bleistifte und machte mich auf den Weg zum Brunnen. Es waren nur ein paar Minuten zu Fuß und ich kannte den Weg beinahe blind. Wieder kam ich an der großen Tanne vorbei und fuhr mit der Hand im Vorbeigehen über ihre Rinde. Ich mochte die Ruhe, die sie ausstrahlte. Sie hatte es nicht eilig, mit nichts.

Der Pfad nahm danach eine langgezogene Rechtskurve um eine Fläche mit dornigen Ranken herum. Danach musste ich mich noch zwischen zwei schulterhohen Büschen hindurchzwängen und dann stand der Brunnen vor mir. Wenige Meter von ihm entfernt lagen einige größere und kleinere Steine herum. Ich rollte einen ovalener Form an eine Stelle, die mir gefiel und setzte mich darauf. Er war kalt.

Ich legte die Leinwand vor mich auf den Boden und kramte die Bleistifte aus meiner Jackentasche. Eine Weile sah ich den Brunnen an, dann zog ich den ersten Strich über das Papier. Es war immer der schwierigste. Mit keinem späteren haderte ich so sehr, wie mit diesem. Ich begann mit dem Fuß und setzte ihn mittig ins Weiß. Anschließend versuchte ich die richtige Perspektive für den Hintergrund zu finden. Ich wusste, dass ich nicht besonders gut war, aber es war mir gleich. Der Bleistift flog zunehmend schneller über die Leinwand.

Ich musste an meine Begegnung mit dem Fuchs denken. Ob er wohl wirklich in dem Loch lebte, das ich an einem meiner ersten Tage hier draußen entdeckt hatte? Möglicherweise.

Wie ich so darüber nachdachte, war es der engste Kontakt mit einem anderen Lebewesen gewesen, seit ich das letzte Ortsschild hinter mir gelassen hatte.

Ich überlegte, ob ich es vermisste. Gesichter schossen mir wie ein Daumenkino durch den Sinn. Und ja, ich vermisste Menschen. Ich vermisste, was Menschen sein konnten, zu was sie im Stande waren, wenn sie an dem Großteil der Kreuzungen richtig abgebogen waren, wenn es ihnen gelang ohne eine Hand im Rücken durch das Leben zu stapfen.

Meine Frau war so ein Mensch gewesen. Sie wusste immer, was das Richtige war. Sie hatte einen inneren Kompass gehabt, den ich nie entwickelt habe. Ich konnte nur nachdenken, über das, was sie bereits gewusst hatte.

Ich vermisste sie sehr. Mehr fiel mir dazu nicht ein. Ich vermisste sie sehr.

Aber vermisste ich Gesellschaft? Da war ich mir nicht sicher.

Ich vermisste sicher nicht diesen Teich voller Karpfen, die um die Wette ihre Backen aufbliesen um den einzigen Sinn ihres Lebens herauszublasen, ihren sich selbst gegebenen Grund ihrer Existenz, ihr ganzes Streben, das nur ihnen selbst galt, das nichts wahrnahm, außerhalb des eigenen Befindens, des eigenen vorgegaukelten Glücklichseins, in all seiner Ruchlosigkeit, all seiner Perversität. Dicke, dunkle Tücher um die Augen und den Kopf gewickelt, zappelten sie ungelenk über das Parkett, das man ihnen vor die Füße zimmerte, im immer gleichen Tanz, wie eine Fliege um eine Glühbirne kreisend, bis sie dieser irgendwann zu nahe kommen würden und als Überrest auf dem Lampenschirm zur Ruhe kämen. All der Eifer, all die Rastlosigkeit der Jagd, der Jagd auf ein Selbst, das nicht existierte und auch nie existieren konnte, war es doch nur eine Fata Morgana, auf die man zulaufen und zulaufen konnte und sie doch nie zu erreichen vermochte. Und so war man sich selbst eine Fata Morgana, die in einiger Entfernung zu sein schien, wonach es einem sehnte und man doch nie berühren würde können, weil die Sonne, der man entgegen sinnen wollte, doch nur eine Glühbirne war, umgeben von einem Schirm, der die Bahre der Verirrten gab.

Ich vermisste nicht die Menschen als solches, als wirres Bienenvolk, das um einen herum schwirrte, unverständlich durcheinander summend.
Aber ich vermisste einen Menschen. Einen einzigen Menschen, der mir zuhörte und dem ich zuhören wollte. Das war genug. Ich war mir sicher, mehr brauchte man nicht, brauchte ich zumindest nicht.

33

Ich hatte mir geschworen, nicht damit anzufangen, mit mir selbst zu reden. Ja, diese grausame Stille, die die

Absenz jedweder Sprache über alle Geräusche legte, die mich umgaben, war schwer zu ertragen, aber ich war überzeugt, dass es unweigerlich der erste Schritt in die Richtung war, in der man den Verstand verlor, wenn man begann, sich mit sich selbst zu unterhalten.

Ich spürte, wie es der Kälte langsam gelang, sich durch den dicken Mantel zu fressen, den ich mir übergeworfen hatte. Gar meine Hand, die den Bleistift führte, zitterte bereits ein wenig.

Ich beschloss, in die Hütte zurückzukehren und die Zeichnung ein anderes Mal fertigzustellen.

Ich wollte mich nicht erkälten, oder noch schlimmeres.

Die Vorstellung hier draußen krank zu werden, war eine der wenigen Sorgen, die ich hatte, die mir wirklich Angst einjagte. Ich durfte nicht krank werden! Ich brauchte Wasser und ich brauchte Feuer! Essen hatte ich genug, um über den Winter und wahrscheinlich auch noch den ganzen Frühling zu kommen.

Aber an die Hütte, oder gar das Bett gefesselt zu sein, würde ich nicht lange überleben.

Ich schob den Gedanken bei Seite. Er war müßig.

Zurück, setzte ich mich vor den Ofen und wärmte zunächst meine Füße. Nach einer Weile war ich wieder aufgetaut und fühlte mich wohler.

Ich kaute mit wenig Genuss auf einem Schokoriegel herum und durchsuchte die Ecke, in der ich meine Bücher abgestellt hatte, nach etwas, das ich lesen wollte, konnte mich aber nicht entscheiden und so ließ ich es bleiben.

Es war noch viel vom Tag übrig, wie ich so auf einem der Stühle saß und ins Feuer starrte. Ich beschloss noch ein Mal in die Kälte hinaus zu gehen und den Fluss zu finden, den ich immer, wenn ich Wasser holen ging, in einiger Entfernung plätschern und rauschen hörte.

Wieder ging mein Weg an der alten Tanne vorbei, wieder berührte ich ihre Rinde zur Begrüßung. Dann der Brunnen, den ich kurz musterte und dann hinter mir liegen ließ. Rechts von mir stieg der Weg steil an, und folgte ich ihm, käme ich an die Klippe auf der mich an einem der ersten Tage eine Krähe aus ihren pechschwarzen Augen gemustert hatte und ich den Fluss zwar nicht sehen, aber bereits deutlich hören hatte können.

Der Boden wurde steiniger, so etwas wie ein Pfad war nicht mehr zu erkennen. Ich schlug mich zwischen Büschen hindurch, kletterte um immer größere Felsbrocken herum, während rechts von mir der Hang sich immer höher über mich erhob.

Ich hatte jedes Gefühl für Zeit verloren hier, aber ich bezweifelte, dass ich länger als eine halbe Stunde benötigte, bis ich tatsächlich das letzte Dickicht durchbrach und und den Fluss sah. Zum ersten Mal malte das Geräusch ein Bild. Ein schmaler Fluss, der sich seinen Weg über Geröll hinweg bahnte, nicht mehr als ein paar Meter breit. Größere Kiesel lugten, wenn nicht gerade etwas Gischt über sie stob, aus dem Wasser heraus.

Ich ging ans Ufer und in die Hocke. Ich zog einen Handschuh aus und hielt meine Hand hinein. Das Wasser war unglaublich kalt. Meine Finger pochten, als ich sie wenige Sekunden später wieder herauszog. Aber es war klar, so klar, dass man kaum glauben konnte, dass es überhaupt da war, wenn man die surreal verformten Steinchen darunter betrachtete, als wäre es der Inbegriff der Durchsichtigkeit. Ich streifte meine Hand an meiner Hose ab und schob sie zurück in den Handschuh.

Ich sah mich um. Am anderen Ufer sah es kein bisschen anders aus als an meinem. Bald wichen die Steine Büschen und diese dann dichtem Mischwald.

Der Fluss, der vermutlich ein Bach war, wo auch immer die Grenze verlaufen mochte, war nirgends tiefer als einen halben Meter, so schätzte ich. Nach rechts floss er um eine Kurve und durch die Klippe auf der einen Seite und ein flaches Flussbett auf der anderen Seite hindurch. Links verschwand er unter sehr leichtem Ansteigen irgendwann zwischen den Bäumen.

Plötzlich sah ich einen Fisch aus dem Wasser hüpfen und fast an der gleichen Stelle wieder hinein tauchen. Er war nicht groß gewesen. Ein paar Zentimeter vielleicht, aber er weckte meine Neugier. Ich ging noch näher an das Ufer heran, konnte aber keine weiteren Artgenossen erkennen.

Ich richtete mich auf und versuchte, auf den über der Wasseroberfläche herausragenden Steinen, einige Schritte in den Fluss zu machen. Beim dritten hielt ich inne und blickte ins Wasser. Und tatsächlich! Ein ganzer Schwarm schwänzelte auf der Stelle, getrieben von absoluter Geistlosigkeit, nichts wissend, nichts ahnend, nichts fühlend gar. Es waren Reproduktionsmaschinen. Rädchen im Kosmos, die keine Individualität kannten, keine Erfüllung, keine Hoffnung. Sie schossen durch diesen Fluss, ob mit oder gegen den Strom, weil sie nicht programmiert waren auf links oder rechts, nur auf vorwärts. Vorwärts in eine Richtung, die sich ihnen zwar nicht erklärte, aber so verankert in all ihrem Sein war, dass es keine Fragen zuließ, keine Fragen überhaupt in ihnen angelegt worden waren, Es galt den Fluss entlang zu schwimmen. Nichts rührte sich in ihnen. Sahen sie nach links, sahen sie nach rechts, sahen sie all die anderen Fische, die es ihnen gleich taten. Ein Schwarm!

Mein rechter Fuß rutschte ab und ich versank bis zum Knie im Wasser. Die Fische bewegten sich im Kollektiv so weit von mir weg als möglich. Ich fluchte nicht. Dennoch zog ich ihn sofort heraus und hüpfte ans Ufer. Ich schnürrte meinen Stiefel auf und entleerte was an Teilen des Flusses in ihm geblieben war über die Kiesel neben mir.

Ich wusste, ich musste in die Hütte zurückkehren. Ich konnte nicht mir nassen Füßen hier verbleiben. Der Rückweg würde unangenehm genug werden.

34

Den ganzen Weg zurück zur Hütte fühlte ich mich gut. Mein rechter Fuß, den ich zurück in den nassen Stiefel geschoben hatte, fror erbärmlich und doch fühlte ich mich gut. Ich hatte den Fluss entdeckt. Und nicht nur das! Auch, dass sich Fische in ihm bewegten! Die Vorstellung, einen von ihnen über dem Feuer des Ofens zu braten, erschien mir einerseits auf eine nahezu flamboyante Art und Weise luxuriös, aber dadurch dennoch nicht weniger verlockend.

Allein die Vorstellung, etwas zu essen, dass nicht aus einer Dose kam oder aus einer Plastikfolie befreit werden musste, reizte mich. Es war nicht der Geschmack, oder die Tatsache, dass es das Fleisch eines Fisches war.

Nichts davon berührte mich. Essen hatte schon längst den Raum des Genusses verlassen und war in den Raum der Notwendigkeit gewandert. Was hatte ich Stunden und Stunden in absurd teuren Restaurants verbracht, die vermutlich mehr in die Tonnen im Hinterhof schmissen, als sie auf den Teller drapierten, die viel zu höfliche Menschen vor mich auf den Tisch gestellt hatten. Geschäftsessen gereiht an Geschäftsessen, ohne das ich jemals ein Geschäft besessen hätte. Und egal wie viele Austern ich ungeschickt verspeiste, Hummer knackte oder aß, was möglichst teuer auf der Karte prangte, weil ich es nicht zahlen musste, obwohl es völlig gleich gewesen wäre, hätte ich es müssen. Es war ein völlig sinnloser Tanz gewesen, sich vollen Mundes entgegen kauend, Dinge zu sagen, die genauso gut auch nicht hätte gesagt werden müssen.

Menschen, die mir gegenüber gesessen hatten, Servietten auf dem Schoss, ihre teuren Anzüge schützend, noch nicht mal den Versuch unternehmend zu verbergen, wer sie waren, wenn sie abends ihren Platz auf einer Matratze einnahmen, um Zeit damit zu verbringen, Werte zu verdauen, von denen die meisten Familien einen Monat oder länger leben konnten.

Aber hier würde ein Fisch genügen, entschuppt von allen unnötigen Zutaten, allem Beiwerk befreit. Alles andere machte ja doch keinen Sinn. Jede liebevoll auf einem Teller drapierte Auster, jeder verspielt verteilter Kaviar, jedes in irgendeine bezaubernde Portion pürierte Etwas, was war es als absurder Firlefanz, als Kugeln, Kerzen und Limetta am Weihnachtsbaum. Geschlachtet und verziert, letztlich gar in obszöner Art, seiner ursprünglichen Form und Existenz beraubt, Ein Nichtübrigbleiben jeder Würde und jeden Maßes.

All diese goldbeblätterten Stücke Fleisch, Salz und Pfeffer darauf geworfen von Menschen, die den ganzen Tag nichts anderes taten, als Salz und Pfeffer zu werfen.

Ich wusste welche Richtung eingeschlagen worden war. Ich war mir bewusst, dass es feige gewesen war, aufzugeben. Aber ich wusste auch, dass ich mich in absehbarer Zeit von der Brüstung meiner Dachterrasse gestürzt hätte, auf der ich ich so viele Stunden telefonierend und rauchend und trinkend verbracht hatte. Ich hatte ertragen, was ich ertragen konnte, all die Energie ins All geschossen, die mir innegewohnt hatte. Und das nie für mich, nie für meine Zwecke, nie für meine Wünsche, nie für meine Gedanken. Es war immer für jemand anderen gewesen. Ich war immer für jemand anderen gewesen. Meist für mehrere. Es schien stets, als würde ich an etwas mitwirken, das ich für gut befand, als wäre ich einer unter vielen, die ein Haus vom Fundament über die Fassade bis zum Tapezieren der Räume, aufzogen.

Und vielleicht war es das auch gewesen. Es war nicht wichtig, ob es ein schönes Haus wurde oder nicht. Es war in jedem Fall nicht meines, ich arbeitete nie für mich, nie nahm ich etwas in die Hand nur für mich, nie dachte ich auch nur einen Gedanken für mich. Man warf mir Geldbündel an den Kopf, so viele, bis ich bereit war, eine weitere Stunde Dinge zu tun, die nichts mit mir zu tun hatten. Meine Person war ihnen gleich, ich war ein menschlicher Roboter, weil es noch keine tatsächlichen gab, die gleich schlau waren wie ich. Das war alles. Das war der einzige Grund, warum sie mit den Bündeln nach mit warfen. Mein Name war gleich, ich war gleich, ich war ein Gesicht ohne Eigenschaften.

Eine Stunde noch, vielleicht zwei. Und dann noch mal eine. Wenn der Absatz erst mal die Schwelle passiert hatte, ein einziger Laut der Holzabsätze auf Marmor, der durch den eigen Kopf gehallt war, gab es kein zurück mehr. Die eigene Hybris, die eigene Selbstgefälligkeit, die Spiegel im Flur, die im

Vorbeigehen einen selbst zeigten, legten einem unsichtbare Handschellen an.

Es streichelte einen so hingebungsvoll zärtlich über das Haupt, dass man die Schussverletzungen am restlichen Körper noch nicht einmal mehr bemerkte.

Ausgehöhlt und marginalisiert schlich man durch die Gänge, ohne auch nur im Ansatz zu realisieren, dass man nichts anderes war, als ein Personenschützer, der im Zweifel, sein eigenes Leben vor einem anderen opfern würde, außer dass man sich letztlich jeden Tag vor eine Kugel warf, nur um wenn man doch mal einen freien Tag hatte, im teuersten Restaurant der Stadt essen gehen zu können.

Es war eine erstaunlich sinnlose Tätigkeit gewesen. Wobei das erstaunlichste war, dass es mir all die Jahre verborgen geblieben war. Ich telefonierte, ich schrieb Emails, Briefe und saß im Hintergrund wichtiger Zusammenkünfte, ohne, dass eine Kamera auch nur mein unbedeutendes Gesicht gestreift hätte. Ich stieg morgens in ein Auto, dass der Rhythmus meiner Füße und Hände in dieses Ungetüm eines Gebäudes lenkten, um darin dann den Großteil meines Tages damit zuzubringen, wie ein Irrer durch die Gänge zu huschen und irgendwann, wenn der Mond bereits über die Dächer der Häuser gekrochen war, erschöpft diesem Auto wieder entgegen zu taumeln, um eine Weile, deren Länge rückblickend gar nicht spürbar oder messbar war, später in der Einfahrt zu halten, der kurz geschorene Rasen links und rechts von mir. Die Hecke, die das

Grundstück umschloss, war ebenso korrekt auf einer gewissen Höhe waagrecht rasiert.

Laut Lachen musste ich beim Gedanken daran.

Eine so gerade Hecke, als würde man Parkett verlegen wollen, als hätte man eine Wasserwaage darauf abgelegt, um die unkontrolliert vor sich hin wachsende Natur in die selben Formen zu bringen, die die Schränke in der Küche hatten.

Hier wuchs einfach alles vor sich hin. Niemand rümpfte die Nase, wenn nicht alles akkurate Dreiecke und Quader formte. Alles wuchs eben irgendwo hin. Nach links, nach oben, oder schräg und alle Geometrie verhöhnend. Büsche und Gräser umschlungen einander, wie ungleiche Liebespaare, die sich vielleicht wünschten, nie in einander verwoben worden zu sein. Bäume, um die sich der Efeu rankte, sie beinahe erstickte, aber nicht gänzlich, immer nur so viel, dass er noch ein erschöpftes Seufzen von sich gebend, dabei zusehen konnte, wie sich die nächste Ranke, eng um ihn krallend, ein paar Zentimeter weiter der Sonne entgegen schieben konnte, resignierend um sich blickend, alle Weggefährten wahrnehmend und still, nur von gelegentlichem Rauschen im Winde durchbrochen, akzeptierend, was über ihn kam, waren seine Wurzeln doch so tief in die Erde gegraben, dass er sich nie würde losreißen können.

Mit wilden Machetenhieben hatte ich mich losgeschlagen und meine Wurzeln aus dem Boden gerissen, dass die Erde nur so durch die Luft geschleudert wurde, tiefe Risse dort hinterlassend, wo meine Füße einst zu ruhen gepflegt hatten. Wie in einem Fiebertraum war ich geflohen, ja, ein bisschen als wäre ich Insasse eines Gefängnisses gewesen, verurteilt dazu, lebenslänglich ein und die selbe vermeintlich selbst erdachte Rolle zu spielen und hatte bemerkt, dass das Tor nur für einen Moment offengestanden war und halb stolpernd halb rennend, flehende Schweißtropfen, mein Gesicht entlang rinnend, in eine Freiheit zu fliehen, die ich weder erkennen konnte noch verstand.

Und doch drehte ich mich nicht mehr um, wollte nicht wissen, ob mich jemand verfolgte und wenn ja, wer. Ich wollte auch nicht wissen, wie alles aussah, was ich hinter mir ließ, wie man drein blickte, wenn meine Schultern erloschen waren und nur noch Szenerie vor den Augen derer, denen ich entkommen war. Ich wollte nicht mehr wissen, was aus allem herum werden würde, was aus ihnen werden würde.

Denn ich wusste es.

35

Zurück im Büro griff sich Michael als erstes den Telefonhörer und wählte die Nummer von Bachmann. Geduldig hielt er ihn sich ans linke Ohr und wartete. Ich konnte die Freizeichen hören, eines nach dem anderen, obwohl ich ein paar Meter entfernt an meinem Schreibtisch saß. Nach einer knappen Minute gab er es auf und ließ sich auf einen der Sessel fallen.

„Nichts!", sagte er, mehr in den Raum als zu mir.

„Wir probieren es weiter, es nützt ja nichts!

„Fuck you, Bachmann!"

Ich hatte schon oft mit ihm zu tun gehabt und uns verband ein ambivalentes Verhältnis. Auf einer persönlichen Ebene konnten wir uns nicht ausstehen, auf einer professionellen respektierten wir einander jedoch. Sein großes Faustpfand war, dass er unabhängig arbeitete. Er war von keiner Zeitung, keinem Verlag Angestellter. Er recherchierte größtenteils alleine vor sich hin, bis er genug hatte, um sich sicher sein zu können, genug zu haben, um seine Geschichte meistbietend verkaufen zu können. Er war nie Werkzeug einer anderen Agenda als der eigenen gewesen, was auch ein Grund war, warum ich ausgerechnet ihn versuchte zu überzeugen. Er war gleichzeitig auch außerordentlich selbstverliebt, was in seinem Fall bedeutete, dass er nicht gern teilte, und am allerwenigsten Lorbeeren. Wir würden also davon ausgehen können, dass, sollte er an Informationen gelangen, diese für sich behalten würde. Sicher nicht aus Freundlichkeit uns gegenüber, sondern rein, weil er der einzige Gewinner des ganzen Spiels sein wollte.

Auch wenn er regelmäßig Höchstpreise für seine Recherchen einstrich, war Geld nur eine untergeordnete Triebfeder für ihn. Das wusste ich. Er wollte Anerkennung, er wollte den Ruhm, den es nach sich zog, wenn sein Name unter einer Enthüllung stand. Er genoss es Einladungen in Talkshows abzulehnen und gab nahezu nie Interviews. Er machte sich gern rar, weil er genau wusste, dass es ihn noch interessanter und glamouröser wirken lies, als rote Teppiche auf und ab zu gehen. Zu Preisverleihungen ging er nie, selbst wenn er einen gewonnen hatte, was nicht gerade selten vorkam.

Das Klirren von Glas weckte mich aus meinen Gedanken. Ich schreckte förmlich auf und sah, wie Michael den Deckel einer der Glaskaraffen, die auf der Bar standen, angehoben hatte.

„Michael!", entfuhr es mir.

Er sah mich genervt an.

„Ich bin schon fast wieder nüchtern und das ist kein Zustand, in dem ich mit Bachmann telefonieren möchte:"

Ich konnte nur den Kopf schütteln und resignieren.

Erneut griff er sich das Telefon und drückte die Wahlwiederholung. Erneut Freizeichen nach Freizeichen. Dann Rauschen in der Leitung gefolgt von einem heiseren Hustenanfall.

„Ja?"

„Hallo Bachmann," begann Michael. „Lange nichts mehr von dir gehört!"

„Michael! Wie schön von dir zu hören!" Der Sarkasmus in Bachmanns Stimme, war so gewollt deutlich, dass man ihn nicht überhören konnte.

„Hör zu, wir brauchen dich! Und zwar sofort! Die Sache ist auch für dich interessant!"

Bachmann schnaufte in den Hörer. „Ich bezweifele, dass die Sache für mich interessant ist, wenn sie für euch dringend ist. Hör zu Michael, jeder weiß ohnehin schon alles über ihn. Und selbst wenn ich etwas herausfinde, dass noch nicht ohnehin seit Wochen und Monaten durch alle Medien wandert und ihn noch ein paar Mal mit Scheiße beschmeiße, würde es auch keinen Unterschied machen. Und wenn er seine eigene Mutter gegessen hätte, Mann! Es scheint keine Sau zu stören. Also vergiss es! Viel Glück euch Arschlöchern noch, ich hoffe ihr gewinnt! Machts -"

„Stop, Bachmann!", brüllte Michael beinahe ins Telefon. „Du weißt, dass das ganze sowieso schon extrem eng wird. Und du weißt auch, dass wir seit Monaten gegen den Wahnsinn ankämpfen. Scheiße, ich weiß nicht mal, wann ich das letzte Mal geschlafen haben! Wir brauchen dich für eine Recherche. Und du dürftest niemand davon erzählen!" Auch Michael wusste, wo Bachmann zu kitzeln war.

Dieser seufzte nur. „Michael, sorry, ich kann das Gesicht nicht mehr sehen. Ich werde nichts für euch über ihn herausfinden. Keine Chance!"

„Das sollst du auch nicht! Nicht über ihn!"

„Über wen denn sonst?" Seine Tonlage hatte sich plötzlich verändert. Er klang weniger abweisend, weniger gelangweilt.

„Über sie!", sagte Michael einfach nur.

Stille in der Leitung. Mehrere Sekunden. Unsere Blicke trafen sich und keiner von uns konnte auch nur blinzeln oder atmen.

„Okay! Wann und Wo?", fragte Bachmann.

III

36

Die Tage zogen an mir vorbei, ohne dass ich sie einzeln wahrnahm. Ich hatte keine Ahnung zu welcher Stunde ich zu Bett ging, oder zu welcher Stunde ich erwachte. Die Sonne, war sie zu sehen, zog gelangweilt über mich hinweg, das war alles, ihren Aufgang bekam ich nicht immer mit, stets aber ihren Untergang.

Der Winter machte mir zu schaffen. Es war noch nicht einmal die Kälte oder die Kürze der Tage. Dem Ofen gelang es zwar immer seltener, die Hütte so zu heizen, dass ich ohne eine meiner Jacken überzuwerfen nicht fror, aber es war auszuhalten. Und auch wenn es nicht auszuhalten gewesen wäre, hätte ich ja doch keine Wahl gehabt. Es gab nur die Möglichkeiten zu erfrieren oder es auszuhalten. Die Möglichkeit der Flucht hatte ich mir genommen, als ich den Wagen so verstümmelt hatte, dass an eine Reparatur nicht zu denken war. Ich war froh, ihn nicht sehen zu können, wenn die Nächte besonders kalt waren und ich schlotternd im Bett lag, die Decke über mir. Es gab Momente, da wollte ich alles ungeschehen machen. Nicht unbedingt hier heraus gekommen zu sein, aber die einzige Möglichkeit von hier wieder weg zu kommen, sabotiert zu haben. Es waren diese sehnsüchtigen, trübseligen Momente, die mich immer wieder überkamen.

Meistens gar an sonnigen, klaren Tagen, wenn es mir möglich war in den Himmel zu blicken, in den wenigen Stunden, in denen Mond und Sonne gleichzeitig zu sehen waren. Manchmal stand ich trotz all der Kälte auf der Lichtung, legte den Kopf in den Nacken und blickte in die Unendlichkeit. Ich fragte mich, wer gerade das gleiche tat und ob irgendjemand dabei an mich dachte, ob es noch diese eine Person gab, die sich nach meiner Flucht nach mir sehnte, die sich fragte, was mit mir geschehen war. Gesichter huschten vor meinem inneren Auge vorbei und waren sie doch nur noch Schemen, gezeichnet von jemandem, der jedes Talent vermissen ließ, Details zu erfassen. Was blieb, waren Abziehbildchen, denen hier ein Muttermal fehlte, oder dort die Augenfarbe verrutscht war, nichts wonach ich, wenn ich die Lider schloss, nur die Hand ausstrecken brauchte, um die Person berühren zu können. Alles schien so unendlich weit weg, Und zudem erschien es als etwas, zu dem ich nie würde zurückkehren können.

Ich hatte jedes Gefühl, jeden Bezug zu allem verloren, was sich außerhalb der paar Schritte, die ich jeden Tag auf und ab ging, befand. Ein paar in die eine, ein paar in die andere Richtung und doch nicht weiter als ein Hund an einer Leine, dem schon nach ein paar Metern, die Kehle zusammengeschnürt wurde und die ihn daran erinnerte, dass er, auch wenn er die frische Luft einatmete, den Himmel über sich sehen konnte und all die Gerüche um sich herum so erkunden konnte, wie es ihm beliebte, nie wirklich frei war, selbst wenn er sich so fühlte, weil er sich daran gewöhnt hatte, diese Leine um den Hals gelegt zu bekommen, wenn sich das Loch in der Wand öffnete, die ihn die restliche Zeit des Tages gefangen hielt und ihm die Sonne in die Augen schien, für einige Momente, deren Länge er ohnehin nicht greifen konnte. Er konnte sein Herrchen sehr wohl erkennen, sehr wohl seine Silhouette von der anderer unterscheiden, aber er würde es nie begreifen, nie verstehen, warum diese wenigen Augenblicke, in denen sich nicht immer der gleiche Anblick in seine Netzhaut brannte, mit einer Fessel um den Hals verbringen musste.

Noch während ich diesem Gedanken nachsann, bemerkte ich, dass ich meine alten Fesseln zwar abgeworfen, mir aber neue angelegt hatte, jedoch mit dem entscheidenden Unterschied, dass ich sie mir selbst ausgesucht hatte, dass ich mein eigenes Herrchen geworden war. Und mit all meinem Wunsch nach Ruhe, danach alles hinter mir zu lassen und von mir zu stoßen, ja, mit all meinem Wunsch nach Freiheit, erkannte ich, sie immer noch nicht erreicht zu haben und nie erreichen würde können. Es gab keine absolute Freiheit, es war nur die Frage, ob man sich die Leine selbst umlegte, oder ob es jemand anderes tat.

Ich hatte mit einem Faden das Taschenmesser, das ich mitgenommen hatte, an einen Stock gebunden, so dass die Klinge überragte und beides zusammen so etwas wie einen Speer bildeten. Das größte Messer, nur wenige Zentimeter lang, hatte ich ausgeklappt. Es hatte mich einige Tage gekostet, neben meinen regulären Tätigkeiten, einen dünnen, aber nicht zu dünnen Ast zu finden, der gerade genug war, um für seine neue Verwendung in Frage zu kommen. Anschließend hatte ich mehrere kleine Löcher in das Holz gebohrt, durch die ich den Faden ziehen konnte um zum Schluss diesen so mit dem im Taschenmesse integrierten Korkenzieher zu verdrehen, dass es am Ende wie festgeklebt am Holz haftete und nicht verrutschte. Ich hatte es einmal in den Boden vor der Hütte gerammt, bevor dieser gefroren war und das Messer saß danach immer noch an gleicher Stelle.

Anschließend hatte ich den improvisierten Speer an eine Wand gelehnt und vergessen. Er hatte immer wieder meinen Blick gestreift und doch hatte ich ihn immer wieder vergessen. Meistens nahezu im gleichen Moment, in dem ich ihn erblickt hatte. Und dennoch war es keine verschwendete Zeit gewesen, ein Werkzeug hergestellt zu haben, dass ich nie benutzt hatte. Allein die Zeit, die ich darauf verwandt hatte! Es waren nur Stunden gewesen, in denen ich ohnehin nicht gewusst hätte, wohin mit mir, in denen ich stattdessen an der schlechtesten Harpune der Welt arbeitete.

Es gab diese Momente, und mit jedem bisschen, dass es kälter und dunkler wurde draußen, nahmen sie zu. Momente, in denen ich einfach nur in der Hütte saß und ins Feuer starrte, als wäre es ein Fernseher. All die Stunden, bevor ich mich schlafen legen konnte, in denen nur diese paar Quadratmeter Holz um mich herum waren und all die anderen Quadratmeter dieser Erde, ob sie nun wenige Kilometer oder einen ganzen Kontinent entfernt waren, gleich unerreichbar für mich waren.

Jede Existenz, die dort sein mochte, war nicht Teil der meinen.

Was wusste ich schon?

Vielleicht gab es einen kleinen Ort nicht weit entfernt von hier? Ein paar Menschen, die durch die Straßen schlichen, jeden Tag die gleichen Meter, ähnlich wie ich es hier auch tat. Sie gingen zum Bäcker, zum Metzger, zum Arzt und ich eben zum Brunnen und zum Schuppen. Sie sprachen jeden Tag mit den gleichen Leuten und lasen jeden Tag die gleiche Zeitung zum Frühstück, während sie ohne jemand anderen anzusehen, in die am Ende des ausgestreckten Arms befindliche Tasse Kaffee nachschenkte und waren doch von einer Zufriedenheit durchdrungen, die ich nie empfinden würde können.

All diese Alltäglichkeit, die mich so angewidert hatte, die Monotonie, diese grenzenlose Aufgabe aller Spontanität, aller Sehnsucht, das Zubettlegen aller Träume und Zufälligkeiten, die einen noch ereilen mochten, all dem hatte ich immer zu entfliehen versucht und war nun im alltäglichsten, im begrenztesten aller Daseins angelangt. Es waren nur noch die drei großen Triebfedern übrig geblieben, die alle nichts als den Fortbestand der eigenen Existenz für einen weiteren Tag sicher stellten.

Es war immer wieder eine innere Ödnis, die über mich kam und wenn es nur in den Stunden war, in denen ich keine Aufgabe hatte, die mich ablenkte. Verdorrtes Land, das sich in mir ausbreitete, jeden Tag ein paar Sekunden mehr, in denen ich mit meinen Gedanken allein und mein Körper nicht mehr Werkzeug, sondern nur noch Gefäß war, nur noch ein paar Muskeln und Knochen, die alles zusammenhielten, der Rest von mir im Begriff zu vertrocknen.

Ich hatte einen leeren Zettel auf den Tisch gelegt, saß davor und starrte auf den Bleistift, der daneben lag. Vor einigen Wochen hatte ich überlegt, ob ich ein Tagebuch führen sollte, hatte den Gedanken aber rasch verworfen. Was sollte ich schon groß schreiben, geschah doch an den meisten Tagen im großen und ganzen immer wieder das Gleiche. Es war nichts als ein Daumenkino, jeder Tag war ein einziger Zettel und blätterte man in Ruhe von einem zum anderen weiter, veränderte sich nichts merklich und erst wenn man dutzende oder gar hunderte durch die Finger rauschen ließ, entstand so etwas wie eine Geschichte. Und so war es hier auch. Nichts war eines Tagebuches würdig, das man nicht im Zeitraffer hätte lesen können.
Ich wusste nicht genau, was ich schreiben wollte, aber ich war mir sicher, dass ich es tun musste, um nicht verrückt zu werden.
Ich schrieb den ersten Satz und strich ihn direkt danach wieder durch. Es war nicht, dass ich nicht wusste, wo ich anfangen sollte, ich hatte mir so viele Gedanken

gemacht, seit ich nur noch ich selbst war, aber meine Gedanken wollten keine Worte bilden, die zu Sätzen und zu Zeilen wurden, sondern huschten unstet durch meinen Kopf und ließen sich nicht festhalten.

Immer wieder berührte die Mine des Bleistifts das Papier, um es nach einer Weile wieder loszulassen um samt des Rest des Stiftes ratlos in meiner Hand zu ruhen.

Wieder einmal sah ich auf meinen Fingernagel. Ein Rudiment ohne Aufgabe. Er gehörte zu mir und war doch einfach nur da. Ich spürte ihn nicht und zu was auch immer er einmal gut gewesen sein mochte, war längst obsolet geworden. Er war aus der Zeit gefallen, genau wie ich.

Ich setzte den Stift erneut an und schrieb den ersten Satz, den ich nicht wieder durchstrich.

Ein Glas Whiskey und zwei Seiten später legte ich ihn zur Seite und musste blinzeln, als wäre ich gerade aus dem tiefsten Traum erwacht, die Art, die einem im Schlaf die Luft abdrückt und aus dem man mit hektischem Keuchen erwacht.

Zu schreiben hatte sich dennoch ein bisschen so angefühlt, als wäre ich nicht mehr alleine hier draußen, als würde ich mich mit jemandem unterhalten, oder zumindest zu jemand sprechen, der nicht ich selbst war. Ich teilte mich mit, auch wenn es niemand lesen würde, niemand darauf reagieren konnte.

Ich legte alles zur Seite und fuhr mir mit der Hand über die Stirn. Ich fühlte die Falten, die sich von links nach rechts über sie zogen Sie begleiteten mich schon lange.
Ich hatte nie ein Problem damit gehabt, älter zu werden. Graue Haare, Falten, die Ringe um die Augen dunkler werdend von zu wenig Schlaf und zu viel Alkohol. Und schlicht der Jahre wegen, die sich wie das Meer an den Felsen einer Küste an mir rieben und rieben. Mit jede Welle spülten sie etwas von ihnen davon, winzige Stückchen, die sich im Ozean verloren und erst wenn man nach Jahren zurückkehrte, bemerkte man, dass der Felsen sich verändert hatte. Er war kleiner geworden, während ihm weiter unaufhörlich die Wellen ins Gesicht schlugen, bis er irgendwann verschwunden sein würde. Und spätestens wenn der letzte Mensch verschwunden war, der ihn gesehen hatte, würde es sein, als hätte er nie existiert. All sein stoisches Ausharren, all seine Kämpfe, alles schweigende Ertragen von allem, all die Tage, die in stiller Monotonie an ihm vorbei geflossen sind, jede gedachte Idee, jedes Gefühl, jede Hand die er berührt hatte, jeder längst vergessene Traum, jeder Luftzug, der sich an ihm gebrochen hatte, all das würde sein, als wäre es nie geschehen. Und es spielte auch keine Rolle. Wäre es nicht geschehen, wäre etwas anderes geschehen,was genauso belanglos gewesen wäre.
Es war die selbe Kreuzung, an der Gläubige und Atheisten in unterschiedliche Richtungen falsch abbogen, gleich ob sie glaubten oder glaubten zu wissen,

blieb ihnen doch die Erkenntnis über die Bedeutung der Endlichkeit verwehrt.

37

Es gab so viele Momente, in denen ich nicht dachte. Momente, in denen ich stur die Axt auf Holz herab sausen ließ, in denen ich die Asche, die sich auf dem Boden gesammelt hatte aus der Tür kehrte, ohne etwas anderes zu tun, als eine Axt auf Holz herab sausen zu lassen, oder Asche vor die Tür zu kehren. Manchmal war es auch nur das Tun des Tages, das sich meiner annahm, vielmehr als umgekehrt. Ich wurde an die Hand genommen und am Tag entlang geleitet und nicht ich führte mich selbst. Zumindest fühlte es sich nicht so an. Nicht bei den alltäglichen Dingen.

Dennoch gab es diese Momente, diese Momente des Nicht-Denkens, in denen auch der Verstand nichts anderes tat, als die Koordination der Gliedmaßen zu übernehmen. Ein immer wiederkehrendes Wiederholen von Tätigkeiten. Nichts davon war glamourös, nichts davon beeindruckend. Aber so war es nun mal.

Ich zielte nicht darauf ab, eine Heldengeschichte zu erzählen, denn meine war unmöglich als eine solche zu verkaufen. Es war kein Erleben von unzähligen Abenteuern oder zufälligen Begegnungen. Das Zusammentreffen mit dem Fuchs war bereits der unerwartetste Moment, der sich in den letzten Monaten zugetragen hatte. Nein, hier geschah nichts ungewöhnliches, hier nicht!

Ich lebte in einer Hütte abseits aller anderen Menschen. Abseits, jeden fließend Wassers und abseits jedes belanglosen Gesprächs, das man Vorgarten an Vorgarten miteinander führte, während man die unterschiedlichen Blumen goss und abseits allem, das meine Stimme in der Lage war zu erreichen. Alle Laute, die mir entwichen, waren nur für mich und ein paar Tiere, die mich zwar hörten, aber nicht verstanden. Ich überlebte, das war meine Geschichte. Ich überlebte, ohne auch nur auf dem Rand der Klippe zu balancieren, das war, was geschah und was alle meine Bedürfnisse befriedigte. Mehr gab es nicht und mehr würde es vermutlich auch nie geben-

Es war keine Geschichte der Heroismen, die mein Leben hier schrieb. Es war vielmehr ein Leben der Banalitäten und alle Heldengeschichten, die bereits erzählt waren, waren Lügen, verführerische Lügen, die den Glauben an Freiheit wie ein Flacon eines Parfüms zerstäuben ließen, obwohl sie wussten, dass sich zwar ein anderer Duft auf die eigene Existenz legen ließ, aber dennoch der gleiche Schädel, ob in einer Stadt, in einer Ehe, im Beruf auf den Schultern ruhte, wie er es hier draußen auch tat. Es war der selbe Schädel und in ihm befand sich das selbe Gehirn, das mir immer zur Verfügung gestanden hatte und das ich auf eine Weise genutzt hatte, dass ich Gänsehaut auf meinen Armen bekam, während ich tatsächlich darüber nachdachte, auf einem der Stühle in der Hütte sitzend und glaubte, über nichts nachzudenken.

Und doch war Langeweile kein Bergriff, der hier existierte. Den Großteil des Tages bestritt ich damit, dafür zu sorgen, den nächsten auch noch zu erleben. Allein diese Tatsache tat erstaunliche Dinge mit mir. Ich hatte klar umrissene Pläne für den Tag, und was entscheidend war, es waren Pläne, die nur mich betrafen, die um mich kreisten. Ich tat nichts für niemanden. Es fühlte sich großartig an, und hatte ich es satt, zu überleben, indem ich andere schulterte und ans Ufer trug. Auch wenn ich jede Annehmlichkeit geopfert hatte, fühlte ich mich dennoch nicht, als hätte ich etwas zurück gelassen oder verloren, vielmehr als ich hätte alles von mir geworfen, was nicht zu mir gehörte, wie Ballast, den man von einem Schiff warf, um es über Wasser zu halten.

Alle Einfachheit, alle Banalitäten, die einen stets umkreisten wie Trabanten Planeten, hatte ich aus ihrer Umlaufbahn geschossen. Es gab Notwendigkeiten, ja. Notwendigkeiten mir selbst gegenüber. Ich sorgte dafür jeden weiteren Tag aus dem unbequemsten Bett der Welt aufzustehen, schwielige Hände die Axt führen zu lassen, voller Blasen, Narben und Hornhaut, den hölzernen Griff umgreifend.

Ich aß, ich trank, ich atmete. Jedes Mal sog ich einen Teil meiner Umgebung bis in die letzten Härchen meiner Lungenflügel in mich auf. Ich konnte es gar körperlich spüren, wie es tiefer in mich vordrang. Es hatte nichts damit zu tun, dass die Luft vermeintlich besser war, reiner, freier von allem, was ihr der Mensch beisetzte, sondern vielmehr, dass es sich anfühlte, als wäre es meine Luft, die nur meinetwegen vor sich hin zirkulierte und stets bereit war, von mir eingeatmet zu werden. Es war ja niemand sonst um mich. Alles waberte nur meinetwegen um mich herum. Jeder Tropfen des Flusses, der unweit an mir vorbei zog, jedes Molekül Sauerstoff, das durch mich rauschte, wie durch eine Geisterbahn, oder ein anderes Fahrgeschäft eines Jahrmarkts, aus der man als kleines Kind nie so heraus kam, wie man hinein gegangen war, jedes Blatt eines Baums, das im Zuge des Übergangs vom Herbst in den Winter zu Boden gesackt war, hatte dies nur für mich getan. Nur meinetwegen.

Ich war das Zentrum von Allem! Ich sah aus dem Fenster, auf die Wiese, die Bäume dahinter, das Licht der Sonne, das sporadisch durch das Gestrüpp brach und in vereinzelten Strahlen auf die Hütte prallte. Es schien mir entgegen! Die Bäume wiegten sich gutmütig im Wind bis der Tag kommen würde, an dem ich beschloss, sie knapp über den Füßen abzuschlagen, kleinzuhacken und für alle Ewigkeiten zu verbrennen, bis nur noch ein paar kleine Häufchen Asche von ihnen übrig bleiben würden, so dass niemand mehr von ihrem jahrzehntelangen Wachstum, von ihrem majestätischen Antlitz, das sie auf alles um sie herum herab blicken ließ, von lässiger Stoik beseelt, Kenntnis erlangen würde.

Nichts würde bleiben als ein kleiner Haufen, den ich arglos zusammenkehren und ohne darüber nachzudenken, vor die Tür schleudern würde.

Und doch, erst wenn auch die letzten Ausflüchte in all ihrer Wohlfeilheit danieder liegen wie die Trümmer einer einst mächtigen Burg, deren Mauern Stein für Stein immer höher in den Himmel gezogen wurden, alles beschützend, was uns lieb und teuer war, während kein Blick über die Zinnen gelang,
erst wenn alle Verstrickungen bis in die kleinsten Ästchen vor uns ausgebreitet sind und wir dieser von all unserer Hände geformten Monstrosität gegenüber stehen, deren einzige Regung, die über ihr Antlitz huscht, wir selbst sind, die wir uns in ihren Augen spiegeln und mit aufgerissenen Mäulern in den eigenen Schlund taumeln, wo wir alle Moral vorfinden würden, die wir dereinst hatten, bevor wir sie Gliedmaße für Gliedmaße verschlungen hatten, bis wir daran erstickten,
erst wenn alle Unendlichkeit endet, wenn es kein Kommen nach dem Gehen mehr gibt und alles Unfassbare nach uns greift und uns in endgültiger Absolutheit umschlingt, wird irgendwo der erste Apfelbaum wachsen, nach dessen Früchten nie wieder eine Hand greifen wird.

38

Ich hatte keine Hebel mehr in der Hand. So viele hatte ich umgelegt. All diese kleinen Hebel, verbunden mit einer unüberschaubaren Anzahl an Zahnrädern, die ineinander griffen und meine Taten davon trugen, bis ich sie nicht mehr ausmachen konnte. In blanker Hybris glaubend, irgendetwas kontrollieren zu können, blind vor Durst und Hunger verkennend, die Illusion nicht als solche bemerkend, als Fata Morgana, die gleich wie schnell ich auch auf sie zuzurennen vermochte, gleich wie besessen ich mich auch über eine weitere Düne schleifte, auf allen Vieren, die Sandkörner bereits in meinen Augenwinkeln verkrustend, ich sie doch nie erreichen würde können — irgendwann zusammenbrechend und alle Hoffnung war mir wie Sand durch die Finger gerieselt.

Und nun saß ich hier und hielt keine Hebel mehr in der Hand.

War ich ein besserer Mensch, nur weil mir die Möglichkeit fehlte, mich schuldig machen zu können?

Ich war nichts, als ein gefasster Verbrecher, der seine Tage in einer kargen Zelle absaß und daran änderte auch der Umstand nichts, dass ich mich selbst festgenommen, die Tür hinter mir mutwillig ins Schloss fallen lassen hatte.

Ich hatte mich nicht verändert, nur die Welt um mich herum war anders, war enger geworden. Irgendwo war immer noch das Meer, irgendwo schlugen immer noch Wellen gegen Felsen, oder ergossen sich schweigend über den Strand. Aber nicht für mich. Menschen berührten einander weiterhin, sie strichen sich durch das Haar, oder packten einander an den Hals, bis alles Licht erloschen war. Aber nicht mir. Und irgendwo stand ein Mann, der genauso einsam war wie ich, auch wenn Menschen an ihm vorbeiströmten und könnten sie durch ihn hindurch strömen, es tun würden.

Nichts davon hatte noch etwas mit mir zu tun. Meine Welt war nur noch ein paar Meter in jede Richtung groß. Alles geschah an mir vorbei, als floss der Strom der Zeit einfach um mich herum.

Ich war nur noch Zuschauer. Eigentlich war ich noch nicht einmal mehr das. Kein Programm sendete schließlich mehr für mich.

Und doch war es kein kalter Entzug. Am Anfang, ja. Das Nichtvorhandensein von Information hatte mich immer wieder aus meinem Alltag hier draußen geprügelt. So viel geschah ohne mein Wissen, und noch viel schlimmer, ohne mein Tun und doch erfuhr ich nichts davon. Alles schlängelte weiter umeinander, verwoben, versponnen, vergessen, wie es vor mir geschehen war und nach mir geschehen würde.

Aber es hatte gedauert, bis die Gleichgültigkeit eingesetzt hatte, bis ich akzeptiert hatte, dass ich meine Füße so tief in den Boden rammen konnte wie ich wollte, und doch alles zwei Hügel und ein Tal entfernt von mir weiter marschieren würde, Gewehr bei Fuß, die Uniform gebügelt, auch wenn die Gewehre längst keine Gewehre mehr waren und die Uniformen keine Uniformen mehr, geschlossen, Stiefel an Stiefel dem Sonnenuntergang entgegen.

All das wusste ich. Ich hatte es aus nächster Nähe gesehen, aus nächster Nähe gesteuert. Ich kannte die Regeln, die Weichen, die Handschellen, die Masken, all die Zutaten, die Rezepte, die nötig waren, dem entgegen zu schreiten, das niemand, der die Zutaten mischte mehr erleben würde, und dennoch vollsten Bewusstseins in den Topf schmiss, dampfend und pfeifend, gleich wer jemals daran ersticken möge, ich kannte sie alle. Ich hatte Gesichter vor den Augen in der Sekunde, in der ich dem Gedanken erlaubte, durch meinen Kopf zu schießen, Dutzende, und alle lachten sie, alle strahlten mich an, ihre jugendliche Frische in Anzüge und Kleider gepresst, die vor lauter Stolz zu platzen drohten und doch nicht überschminken konnten, dass die Knochen ihrer Kiefer bereits durch die dünne Haut darüber zu erkennen waren.

Leere fraß sich immer von innen nach außen! Ein Parasit, der sich an seiner selbst ernährte, zunächst in den kleinsten Ritzen sitzend, geduldig wartend, bis er unaufhaltsam beginnen konnte zu wuchern, dem Nichts in einem Raum zu erkämpfen, Momente verschlingend, bis dem Wirt nichts mehr blieb als eine pergamentige Schicht Haut über den Wangen und keine Regung mehr die eigene war, sondern nur noch Zuckungen, die Gliedmaßen in Richtungen schleuderten. Und doch funktionierte der Wirt vor sich hin, nie wurde ihm das letzte Bisschen von Allem genommen, die Augen sahen, die Zunge schmeckte und war die süße Verlockung zu glauben, oder doch zumindest zu hoffen, jeden Fuß dann vor den anderen zu setzen, wann es ihm beliebte, das letzte Stück Treibholz an das er sich klammern konnte, um nicht zu ertrinken, so griff er danach, trieb vor sich hin und der Blick war stur gerichtet auf jeden Zentimeter um ihn herum, jede Welle, jede Böe, jede noch so kleine Wölbung am Horizont, nur nicht auf ihn selbst.

Es war nichts, als ein perfides Herauszögern jeden denkbaren Endes, so doch irgendwann Parasit und Wirt gleichsam danieder lägen, und es jedem Subjekt jedweder andersartiger Symbiose ebenso ergehen würde und nie das Ende jemals interessierte, oder gar jemals eine eigene Geschichte war. Es war immer nur eine geschriebene Zeile, ein Stempel über einer Unterschrift, über die es sich nicht zu reden lohnte. Alles davor interessierte und vielleicht alles danach. Doch dieser Wimpernschlag, diese Sekunde, in der Gegenwart in Vergangenes umetikettiert wurde, war nie wichtig, nie was blieb, egal wie lange es dauerte, dies zu begreifen.

Das Leben verblasst immer rückwärts!

39

Ich watete so weit in den Fluss hinein, bis mir das Wasser an die Knie gereichte. Schuhe, Socken und meine Hose hatte ich am Ufer ausgezogen und in den Schnee gelegt. Die Kälte des Wassers bohrte sich in meine Beine, als würden sie von tausenden kleinen Dolchen attackiert und doch fühlte ich keinen Schmerz. Mir fehlten die Begrifflichkeiten, um zu beschreiben, was ich fühlte, ich wusste nur, dass ich etwas fühlte, dass ich fühlte.

Ich ließ meinen Blick über die Umgebung schweifen. Kleine Stapel Schnee lagen auf jedem Ast, die Steine auf der einen Seite des Ufers sahen aus wie große weiße Bälle und das einzige Geräusch, das zu vernehmen war, war das Plätschern des Flusses. Legte ich den Kopf in den Nacken, blickte ich nur in Nuancen von Grau. Alles wirkte, wie aus einer Zeitung herausgeschnitten und auf Pappe geklebt.

Dann landete eine Krähe auf einem Ast keine zehn Meter von mir entfernt. Ein paar Flocken rieselten die letzten Meter zu Boden. Sie sah aus wie die, der ich vor Monaten nicht weit von hier in die Augen geblickt hatte, aber wissen konnte ich es nicht.

Der Kopf wiegte nach rechts, wiegte nach links, alles wirkte wie ferngesteuert, als blickte ich nur auf eine perfekte Replik einer Krähe, deren Federn alle Schatten warfen, die echte werfen würden und doch falsch, doch rätselhaft unwahr wirkten, als wären sie eine fast perfekte Simulation, deren Makel ich nicht erkannte.

Ein perfekter Organismus. Stolz saß sie da, kurz nach ihrer Landung damit beginnend scheinbar wahllos in ihrem Gefieder herum zu picken. Erst als ich einen Schritt weiter in den Fluss trat, so dass das Wasser mir bereits gegen den Oberschenkel klatschte, schien sie mich zu bemerken und warf mir dieses unendlich wirkende Nichts ihrer Augen entgegen, als schoss sie mir zwei schwarze Löcher entgegen, die zwar nicht meine Substanz verschlingen würden, aber jeden klaren Gedanken, den ich noch glaubte fassen zu können. Ich konnte ihrem Blick nicht standhalten. Ich konnte es nicht. Ich musste mich ihrer ergeben, sie, die sie wohl vor mir hier gewesen war und ohne greifen zu können, woher das Gefühl kam, spürte ich, dass sie auch noch auf diesem Ast landen würde, wenn ich schon längst mit dem Boden eins geworden wäre.

Sie sah auf mich herab, als wäre sie die Herrin von allem um sie herum, als geschähe alles nur von ihrer Gnaden und als wäre sie eine zeitlose Instanz, die mich musterte, um abzuwägen, was sie von meinem Eindringen in ihr Revier hielt.

Kein Laut entkam ihrem Schnabel, sie saß einfach nur da, ihre Krallen in das Holz unter ihr gegraben. Ich konnte nicht erahnen, was sie wusste, was sie sah, was sie wahrnahm, wer ich für sie war. Meine Konturen, ja, die hatte sie längst zusammengesetzt, aber was wusste sie von allem dahinter? Es wirkte als sähe nicht nur durch mich hindurch, sondern als würde sie mit jeder Sekunde in der sie mich musterte mehr über mich erfahren, meine Vergangenheit, mein Wesen in sich aufsaugen, als würden alle Dinge, die ich je getan hatte, alle Handlungen, alle Erfahrungen, in einem Strahl in ihre Augen schießen, meine Geburt, der Moment in der ich mit siebzehn Jahren im Affekt meine damalige Freundin mit der flachen Hand ins Gesicht geschlagen hatte, meine Hochzeit, zu der ich fast eine Stunde zu spät kam, weil der Wagen, den ich für diesen Tag gemietet hatte, einen Motorschaden hatte und der Moment, in dem der LKW meine Frau pulverisierte, jeden Knochen in ihr gebrochen hatte und sie an meiner statt zermalmt hatte, weil er von links kam und nicht von rechts!

Alles, an was ich dachte, schien sich zu manifestieren und so wie das Wasser an meinen tauben Beinen vorbei rauschte, in die pechschwarzen Augen der Krähe zu strömen und dort alle Mosaike meiner Selbst wieder zusammen zu setzen.

Sie sah mir in die Augen, durch die Augen, ich konnte es spüren. Ich sah eine Krähe, mit all ihren Gliedmaßen, allen Einzelheiten, die mein Verstand zu einem Vogel zusammensetzte und doch war ich es, der sich nackt fühlte, entblößt, dessen Kopf, dessen Arme, dessen Beine, dessen Addition all seiner Einzelteile in ihren Augen womöglich ein Ergebnis ergab, als dass ich mich nicht empfand.

Es genügte ein Vogel, der doch so viel kürzer auf dieser Welt war als ich, um mich unbedeutend zu fühlen, um mich ein weiteres Mal zu vergewissern, dass ich nur meinetwillen hier war, dass ich auf der Ebene jeden anderen Lebewesens hier schwamm.

Ich wusste nicht welche Gefühle Krähen kannten, aber, während ich sie erhaben und selbstbestimmt auf diesem einen Ast ihrer Wahl sitzen sah, war ich mir irgendwie sicher, dass Angst nicht dazu gehörte.

Sie würde Nachkommen in die Welt setzen, schlicht, weil es ihr Programm vorsah, Nahrung suchen, um ihr eigenes Überleben zu sichern, Fressfeinde verjagen, solange es in ihrer Macht lag, all das würde sie tun, ohne auch nur eine Sekunde darüber nachzudenken, obwohl sie ein Wesen war, das in der Lage war, über die Dinge nachzudenken und doch endete ihr Vermögen einige Pflöcke, bevor der Zaun vor uns zusammengezogen wurde. Wir hingen zu Tausenden in ihm, gefüttert mit wenig Wissen und keinem Willen, weniger Schritte von der Krähe entfernt, als wir es dem eigen Selbstverständnis nach gerne wären

Und in einem Atemzug, weiterhin das eiskalte Wasser an meinen Waden vorbei rauschend, war ich mir sicher, dass sie mich überleben würde, dass sie genau auf diesem Ast sitzen und meinen verwesenden Kadaver begutachten würde.

Köpfchen nach rechts, Köpfchen nach links. Und irgendwann würde der Moment kommen, in dem sie neben mir landete und begänne in mir herumzupicken, Teile von mir vorzuverdauen, um sie dann in den Schnabel ihres Nachwuchs zu erbrechen.

Das war genau, was passieren würde, und ich empfand es genau in der Sekunde, in der ich es dachte, als beruhigend, als friedlich. Es dürfte so geschehen und ich wäre einverstanden. So, wie ich da stand, bis zu den Knien im Wasser, um mich herum nur Wald, Steine und eine Krähe. Hier war es gut. Hier. Nur hier.

40

An mir selbst würde ich zugrunde gehen, käme mir niemand zuvor!

41

Zum wievielten Mal ich stumm in die Flammen starrte, ich konnte es nicht mehr zählen. Es würde mir niemand zuvor kommen.

Meine Beine waren immer noch nicht gänzlich aufgetaut, die Kälte krallte sich an ihnen fest und wollte nicht loslassen.

Immer öfter wünschte ich mir, dass all das nicht nötig gewesen, dass ich nicht hätte fliehen müssen, nicht meine eigene Existenz auslöschen hätte müssen. Und doch hatte ich keine Wahl gehabt. Ich hatte nicht mehr glauben können, glauben an einen Funken, daran, dass irgendetwas geschehen könnte, was aufhielte, was ich für unaufhaltsam erachtete. Ich vermutete, nicht nur den

Glauben verloren zu haben, sondern auch die Hoffnung.

Es war ein leichtes das Feuer im Ofen zu entzünden. Oder etwas zu Essen darauf zu erhitzen, einen Schluck abgekochtes Wasser aus dem Brunnen zu trinken und meine tägliche Zigarette am Abend zu rauchen. Das alles war einfach und es hatte keine Konsequenzen, es war mit nichts verwoben. Alles Leben war ich selbst. Kein Kosmos hielt mir die Haustür auf und bat mich Teil von ihm zu werden. Und doch wusste ich nicht, womit ich all das am Ende bezahlen würde. Und ohne, dass ich mich einsam fühlte, war ich doch in ihrem Epizentrum, umgab sie mich wie ein dichtes Nebelfeld, das immer näher kam und auf den Moment wartete durch die Ritzen der Dielen zu kriechen.

Ich hatte meine Stimme nicht verloren, aber vergessen, wie sie klang,

Es war ein seltsames Gefühl vor den eigenen Augen zu verblassen, ja zu schrumpfen. Ich empfand keine Angst, die war es nicht, die meinen Brustkorb zusammenpresste und es mir mit jedem Atemzug schwerer machen würde, Luft zu bekommen. Nichts von dem was kommen würde, machte mir Angst und Angst ließ sich nie vor vergangenem haben, war sie doch stets nach vorne gerichtet, Angst war immer da, bevor etwas geschah, nie danach.

Was mich ausbluten ließ, war Reue!

42

Es regnete in Strömen, als ich den Wagen die Ausfahrt entlang steuerte und ihn auf dem der Raststätte nächsten Parkplatz zum Stillstand brachte.

Ich stieß Michael unsanft, so dass er mit der rechten Schulter gegen die Beifahrertür schlug.

„Wach auf!", rief ich in seine Richtung. „Wir sind da!"

Ich stieß ihn erneut, da er nur mühsam zu sich zu kommen schien.

Nachdem auch das zweite Mal keine Wirkung erzielte, stieg ich aus dem Wagen aus, ging um ihn herum öffnete die Tür und zog an Michael, bis sein Kopf im Regen hing.

„Du Arschloch, spinnst du?", brüllte er mich an, als er ruckartig zu sich kam. Er schnallte sich ab, sprang aus dem Sitz auf und schlug die Tür hinter sich zu. Wortlos schob er sich an mir vorbei und stapfte Richtung Raststätte. Ich schloss ab und folgte ihm.

Bachmann war bereits da und saß an einem Tisch in der hintersten Ecke, vor ihm eine kleine weiße Tasse und ein Stück Kuchen, mit dem er sich intensiv zu beschäftigen schien, so ausgiebig wie er ihn musterte. Die ganze Gaststätte wirkte altbacken. Auf den Tischen waren karierte Tischdecken und jeweils eine kleine Vase mit einer Plastikblume darin.

Wir nahmen auf zwei Stühlen, die Bachmann gegenüber standen, Platz.

„Es ist eine Frechheit!", sagte er ohne eine Begrüßung und ohne den Blick von dem Stück Kuchen zu nehmen. Dann schlug er mit der Gabel mehrfach drauf herum.

„Seht ihr das? Seht ihr das? Nicht bewegt sich da, nichts! Es schmeckt, als würde ich in einen Staubsaugerbeutel beißen! Ich möchte nicht wissen, wie lange das schon hier herum liegt. Wenn sie es noch eine Woche aufbewahren, können sie eine Schaufensterscheibe damit einwerfen!"

Wir sahen uns an und waren nicht sicher, was wir darauf erwidern sollten.

Michael räusperte sich. „Das ist bedauerlich, Bachmann."

Bachmann fixierte Michael sekundenlang, fuhr sich dann mit der rechten Hand durchs Haar, ließ sie anschließend auf den Tisch fallen, so dass sich in seinem Kaffee kleine Kreise bildeten, die sich von der Mitte Richtung Rand ausbreiteten und begann ganz langsam mit dem Kopf zu nicken.

„Das ist bedauerlich Michael, ja! Da hast du Recht. Hättest du keinen noch seelenloseren Ort für unser Treffen gewusst wie diesen? Eine abgelegene Mülldeponie, ein Kinderfriedhof?"

Michael wirkte nervös, eine Seite an ihm, die man so gut wie nie zu Gesicht bekam.

Eine Kellnerin kam an unseren Tisch um unsere Bestellung aufzunehmen.

Ich bestellte einen Kaffee, Michael einen Whisky. Ich sparte mir jeden Kommentar. Bachmann schob den Teller mit dem Kuchen darauf der Kellnerin entgegen.

„Den können sie wieder mitnehmen, aber heben Sie ihn auf!"

„Hat es nicht geschmeckt?", fragte sie mit unerwartet ehrlichem Bedauern in der Stimme. „Und wieso soll ich ihn aufheben?"

„Falls einmal der Tag kommt, an dem ich meinem Leben ein Ende setzen möchte, komme ich wieder zu Ihnen, bestelle das gleiche Stück Kuchen und ersticke an ihm!"

Kurz sah sie ihn ungläubig an, dann griff sie schnell nach dem Teller und verschwand.

Ich seufzte, mehr fiel mir in diesem Moment nicht ein.

„Du musst Dinge in Erfahrung bringen!", sagte Michael nach ein paar Augenblicken.

„Dinge?"

„Ich sag dir, um was es geht, wenn wir einen Deal haben."

„Mein Interesse ist nicht besonders groß, wenn ich ehrlich bin."

„Hör zu, du sollst über sie recherchieren. Über eine ganz bestimmte Geschichte. Und was immer du herausfindest, darfst du auf keinen Fall herausbringen. Weder vor der Wahl, noch danach."

„Das erhöht mein Interesse natürlich ungemein. Wollt ihr mich auf den Arm nehmen?"

„Ich denke-" Die Kellnerin brachte wortlos unsere Getränke. Nachdem sie sich weit genug von uns entfernt hatte, beugte sich Michael nach vorne und fuhr eine Nuance leiser fort:

„Du musst schnell sein. Du hast drei Tage, höchstens vier. Und geräuschlos. Wenn irgendjemand mitbekommt, dass du so kurz vor der Wahl an irgendwas dran bist, werden sie alle misstrauisch."

Bachmann schob seine halb geleerte Tasse Kaffee zur Seite, legte seine Ellenbogen auf dem Tisch ab und seinen Kopf in seine Hände.

„Wieso sollte ich das tun? Ich bin nicht der Weihnachtsmann!"

„Worüber alle Kinder dieses Landes froh sein sollten!", entwich es meinem Mund, ohne dass ich etwas dagegen tun konnte. Doch Bachmann schmunzelte.

„Was willst du?", fragte ich schnell hinterher.

„Wenn es eine gute Story gibt, will ich sie schreiben. Alles andere interessiert mich nicht."

„Das geht nicht. Wenn es eine gute Story gibt, sind wir am Arsch. Und sie ist es auch. Und du weißt, was passiert, wenn sie im Arsch ist!"

„Dann sind wir alle im Arsch!", beendete er meinen Satz.

„Was, wenn ich etwas finde?"

„Wenn wir wissen, wo genau etwas zu finden ist, können wir es vielleicht verschwinden lassen. Und wenn du nichts findest, findet auch sonst keiner was. Du bist eitel genug, dass du weißt, dass ich Recht habe."

„Worum geht es?", fragte Bachmann

Michael und ich sahen uns an. Michael nickte.

Ich zog zwei Bilder aus meiner Manteltasche und schob sie ihm entgegen.

„Kennst du diese beiden?", fragte ich ihn.

Er sah sich die Bilder an und anschließend uns.

„Natürlich. Aber wo ist das Problem?"

„Die Aufnahmen sind fünf Jahre alt!"

Bachmann riss die Augen auf.

43

Der Tag an dem ich mir mindestens eine Rippe brach, war der vielleicht schwerste in all der Zeit, die ich hier draußen verbringen sollte. Es waren nicht die Schmerzen, auch wenn sie mich bei jeder noch so kleinen Bewegung Wochen und Aberwochen zusammenzucken würden lassen.

Insbesondere in den ersten Tagen nach meinem Sturz stand ich jedes Mal, wenn ich ein neues Scheit in den Ofen werfen wollte, in Tränen davor und versuchte nicht vor Schmerzen den Verstand zu verlieren. Mir war bewusst gewesen, dass mir eine Sache nicht passieren dürfte hier draußen. Mich zu verletzen oder schwer krank zu werden.

Schon in dem Moment, in dem ich auf den Stein aufschlug und und ein Geräusch vernahm, als würde jemand einen Ast über dem Knie zerbrechen, wusste ich, dass dieser eine falsche Schritt, diese eine Unachtsamkeit mich das Leben kosten könnte.

Ich lag auf der Seite unweit des Flusses, auch wenn ich ihn nicht hören konnte, wusste ich doch, dass er nur noch eine Anhöhe entfernt war. Kleine weiße Punkte tanzten vor meinen Augen und ich schrie nur deshalb nicht, weil mir alle Luft, die es dazu benötigte, aus dem Brustkorb geschossen war und ich mir vorkam wie ein Fisch, den man an Land geworfen hatte.

Ich schnappte nach Luft und versuchte gleichzeitig mich so wenig zu bewegen, wie möglich.

Es war der vielleicht erste Moment in meinem Leben in dem meine Instinkte die Kontrolle über mich übernahmen. Wie jeder andere auch, hatte ich sie im Laufe der Zeit verloren, oder viel mehr waren sie mir abgewaschen worden, waren mir aus den Händen geronnen wie die Wasserfarbe, die ich als Kind am Waschbecken nach dem Kunstunterricht in spontanen und niemals identischen Wirbeln den Abguss hinab fließen sah.

Alles urinstinktliche, was man glaubte gänzlich verloren zu haben, schoss erst in solchen Momenten an die Oberfläche. Selbst eine Spezie, die Mittel und Wege erfand, sich gegen die Fortpflanzung zu wehren, was vermutlich keinem anderen Lebewesen in den Sinn käme, selbst wenn es der Sinn zuließe, gelang es nicht in einem Moment, in dem das eigene Leben gefährdet schien, den Impuls unterdrücken zu können, weiterleben zu wollen.

Und so lag ich da und starrte regungslos auf einen Busch mit roten Beeren, der wenige Meter entfernt zwischen zwei größeren Felsen eine kleine Spalte gefunden hatte, aus der er seine Existenz beginnen konnte und er sah tatsächlich so aus, als hätte er sich mit aller Macht zwischen den Steinen hindurch geschoben.

178

Er wiegte sich sanft im Wind, nur noch einzelne Flecken Schnee lagen auf seinen Blättern und immer wieder löste sich ein Tropfen Wasser von der Spitze einer dieser Blätter, sank zu Boden und zerstob in tausend Einzelteile.

Ich kniff die Augen so fest ich konnte zusammen. Als ich sie wieder öffnete, tanzten kleine Lichtblitze um den Busch herum. Ich drehte mich langsam auf den Rücken. Alles um mich herum war still, als würde die ganze Umgebung den Atem anhalten. Es war das erste Publikum seit Monaten, auch wenn ich es mir nur einbildete. Ich atmete flach. Jedes Mal, wenn sich mein Brustkorb hob oder senkte, ließ es mich die Fingernägel in den Boden rammen.

Nun hatte ich nur noch einige Äste und den blauen Himmel über mir. Keine Wolke zog vorbei, es war das klarste blau, das man sich vorstellen konnte. Keine milchigen Ränder, nichts! Ich hätte versucht danach zu greifen, hätte es nicht weitere Schmerzen bedeutet.

Vielleicht war es besser, dass der Schmerz mir verbot, die Hand danach auszustrecken, vielleicht wäre ich liegen geblieben. Vielleicht hätte ich den Arm gen Himmel gestreckt und hätte die Augen geschlossen. Die Füße parallel zueinander, einen Arm lose auf dem Boden liegend, den anderen gen Himmel gereckt und die Lippen geschlossen.

Vielleicht hätte ich liegen bleiben sollen. Ich hätte den letzten Schritt gehen können, ohne jemals Gewissheit zu erlangen, ohne jemals mit der unerträglichen Erkenntnis, dass ich Recht behalten hatte, in die

Mündung der Schrotflinte zu blicken, die ich genau für diesen einen Zweck mitgenommen hatte. Ich wollte kein Rotwild schießen, oder mich gegen einen Bären verteidigen.

Ich wollte mich enden lassen, wenn ich auf dem Hügel unweit der Hütte stand, von dem aus sich zumindest ein wenig in die Ferne blicken ließ, bevor der Horizont, alles was hinter ihm lag, abschnitt. Tief in mir wusste ich, dass dieser Tag kommen würde. Schon länger. Eigentlich seit ich den ersten Fuß auf die morsche Veranda gesetzt hatte. Ich hatte es gespürt, gespürt, dass es hier enden würde und, dass es bald enden würde.

Ich versuchte die Hände in den Boden zu rammen, um mich abzustützen. Ich musste aufstehen und zurückkehren, wollte ich nicht erfrieren. Der Boden unter mir war eisig kalt, trotz der Tatsache, dass es bereits taute. Ich spürte die Feuchtigkeit zwischen meinen Fingern. In diesem Moment fiel mir das erste Mal auf, dass ich keine Handschuhe trug, wie ich es sonst zu tun pflegte.

Dann wurde mir plötzlich übel. Alles begann sich zu drehen. Die Wipfel der Bäume räkelten sich zu meinen Füßen, der Himmel stob um mich, als wäre ich in einer Schneekugel, die ein Kind so fest schüttelte, wie es die kleinen Hände zuließen und ich schien auf dem Boden zu kleben, obwohl ich von ihm herabhing. Ich drehte mich zur Seite, schrie laut in den Wald hinein ob der Schmerzen und übergab mich auf die Erde. Einmal. Zweimal. Erneut kniff ich meine Augen zusammen. So fest ich es irgendwie konnte. Und dann kamen mir die Tränen. Es waren die ersten seit dem Tag, an dem ich meine Frau zu Grabe getragen hatte. Aber es waren andere Tränen. Es ging nicht um Verlust, nicht um Liebe, die mir aus den Armen gerissen wurde, nicht um diese unendliche Abhängigkeit, die vor den eigenen Augen verpuffte und man nicht mehr wusste, wohin mit all den Kapazitäten die einem inne wohnten, das Bedürfnis alle Verzweiflung, die einen übermannte, genau der Person entgegen zu schreien, die sich dessen grade entzogen hatte. Es waren Tränen der Wut gewesen. Und ja, es war Wut auf sie gewesen, die sie sich einfach aus dem Staub gemacht hatte.

Und es gab auch Momente, seit ich hier draußen in dieser Hütte wohnte, in der ich sie in Gedanken dafür beschuldigte, in denen ich ihr die Verantwortung dafür gab, auch wenn ich sehr wohl wusste, dass dies ungerecht war. Und doch ließ sich der Gedanke, dass ich ohne ihren Tod nicht hier wäre nie ganz verjagen, nie ganz beerdigen, so wie ich es mit ihr getan hatte, sondern kam immer wieder, als wäre es die Form des Geistes, der mich heimsuchen sollte, den sie gewählt hatte. Ich gab ihr die Schuld für mein Schicksal. Immer wieder für ein paar Sekunden. Vielleicht zwei. Ich wusste, dass es nicht stimmte, dass allein diesen Gedanken, vielleicht war es auch nur ein Gefühl und nicht wirklich ein Gedanke, zu haben, eine Art Frevel gegenüber der Zeit wäre, die wir gemeinsam durchschritten hatten, weil wir es so wollten.

Aber es gab diese Sekunden, für die ich mich Stunden hasste.

Doch es waren keine Tränen der Wut, die mich überkamen, als die Welt um mich zu einem Karussell des Wahnsinns mutierte, es waren Tränen der Verzweiflung und ja, vor allem Tränen der Resignation.

Der Winter neigte sich zwar dem Ende entgegen, aber es war dunkel, selbst am Tag und alles Licht, das ich besaß, flackerte aus dem Ofen oder einer kleinen Ölleuchte, kaum genug, um die Schatten zu verjagen, eher größer schienen sie zu werden, wann immer man ihnen das Feuer entgegen hielt. Es wollte kein Ende nehmen und ich fühlte mich nahezu aller Sinne beraubt. Ich war aus einer Welt, die wahnsinnig geworden war, in eine geflohen, die mich wahnsinnig machte und ich war mir nicht mehr sicher, was besser war. Aber vielleicht war es besser, selbst verrückt zu werden, als bei klarem Verstand mitansehen zu müssen, wie es alle anderen waren. All die Niedertracht und all die Skrupellosigkeit, ja, ich hatte sie nicht mehr ertragen, es war wie ein Hirntumor, der in mir gewachsen war und auch bei mir begonnen hatte alle Menschlichkeit abzuklemmen, die ich in mir trug. Und dieser Ort war nichts anderes als eine Chemotherapie, eine letzte Hoffnung, wieder die Person zu werden, die ich einmal gewesen war, wofür auch immer das noch gut sein mochte. Aber es ließ mich fahl werden. Zwar fielen mir nicht die Haare aus, aber dafür rann mir jede Zuversicht wie Wasser durch die Finger, das unmöglich festzuhalten war. Es war in mir, auch am kommenden Tag aufzustehen und mich nach draußen zu quälen, um den Vorrat an Feuerholz aufzufüllen, aber dieser Moment, in dem ich versuchte mich mit aller Kraft und unter Schmerzen vom kalten Boden zu lösen, war nicht der erste, in dem ich wünschte, ich hätte es nicht in mir und würde einfach liegen bleiben, bis ich vorbei war.

All die Mühsal, die es mich kostete hier zu überleben und wofür? Ich erkaufte mir mit jedem Tag Mühsal einen weiteren Tag Mühsal. Und in meinem alten Leben hatte ich mir mit jedem Tag Wahnsinn einen weiteren Tag Wahnsinn erkauft. Wozu das alles? Es war ein Herauszögern, eine selbstauferlegte Kasteiung meiner selbst, weil ich nicht anders konnte. Ich konnte es einfach nicht.

Ich hatte ein Leben umringt von Wahnsinnigen kaum ausgehalten und ein Leben in Mühsal begann mich ebenso zu verzehren. Ich fragte mich, wie all die Menschen beides auf einmal ertrugen.

44

Ich trug keine Uhr, deshalb wusste ich nicht, wie lange es gedauert hatte, bis ich mich aufgerichtet hatte, wie Stunden angefühlt hatte es sich jedoch. Ich spürte, wie meine Finger zitterten. Nicht vor Kälte, nicht vor Anstrengung, nicht vor Schmerz, aber sie zitterten. Selbst meine Hände sahen grau aus. Brüchiges

Pergament, durch das die Sonne scheinen würde, hielte man es ihr entgegen. Überhaupt war alles so dünn geworden. Ich atmete flach und bemühte mich meinen Brustkorb nicht zu heben. Es war alles so dünn geworden. Ich konnte die Adern sehen, meine Sehnen. Ich ballte die Hände zu Fäusten und schlug auf meinen linken Oberschenkel. Es tat weh, auch wenn die Rippen mich mehr schmerzten.

Dann hatte ich es geschafft und stand aufrecht, beide Füße in den Boden gerammt. Ich wusste, dass ich zur Hütte zurückkehren musste. Und weitere Tage unsägliche Konserven würde öffnen und essen müssen. Allein das Essen, das mich zu Beginn nicht gestört hatte, ertrug ich nicht mehr. Immer wieder hatte ich mich die letzten Wochen dazu zwingen müssen, fern jeden Appetits. Ich schob es mir in den Organismus, und doch erneut nur, weil ich nicht anders konnte. Auf eine ganz und gar irrationale Art und Weise musste ich essen, was auch immer ich zur Verfügung hatte. Jeden einzelnen Tag. Jeden einzelnen Tag war dieser Impuls in mir, und die sklavische Unterwerfung, die ich diesem Impuls gegenüber empfand, verlor auch, wenn ich mit gebrochenen Rippen, einige Zeit von der Hütte entfernt im Nichts stand, mich mühsam auf den Beinen haltend, nichts von seiner Kraft.

Ich tat den ersten Schritt in die Richtung aus der ich gekommen war. Ich konnte es nicht zu Hause nennen. Ich ging zurück. In die Hütte. Vorsichtiger Schritt, vor vorsichtigen Schritt. Zurück.

Der ganze Weg war eine Tortur. Jeder Schritt fuhr mir durch den ganzen Körper. Nach einigen Minuten verhakte sich mein rechter Fuß in einer Ranke, die sich aus Gebüsch dem Trampelpfad entgegen schlängelte und ich stolperte, eins, zwei Schritte nach vorne, konnte mich aber gerade noch abfangen und einen Sturz vermeiden. Anschließend manövrierte ich meinen Fuß aus der Schlinge, die diese seltsame Pflanze gebildet hatte und ging weiter. Als ich durch die letzten Äste brach und den Blick der Hütte vor mir hatte, machte sich doch ein gewisses Gefühl von Heimat in mir breit. Es war nicht konkretisierbar, nicht fassbar, es war noch nicht einmal so, dass ich es empfinden wollte, ganz im Gegenteil. Aber es war da.

Ich sah die Hütte und war froh darüber, zurück zu sein. Vielleicht auch nur weil ich der Wärme der Hütte weniger Antipathie entgegen brachte, als allen Orten um sie herum. Ich genoss es nicht, aber ich genoss alles andere noch weniger.

Mit einem kräftigen Tritt gegen die Tür verschaffte ich mir Eintritt. Anschließend kümmerte ich mich um den Ofen und mir entging nicht, wie mir eine Träne über die Wange huschte, während ich mich nach ihm beugte, weil mein ganzer Oberkörper in Flammen zu stehen schien.

Sobald das Feuer entzündet war, legte ich mich auf das Bett und versuchte mich nicht mehr zu bewegen. Ich vernahm das Knacken und leise Rauschen, das aus dem Ofen kam, aber es drang nicht zu mir durch, weil ich an anderen Orten war.

Ich wusste, dass ich aufgeschmissen sein würde, wenn ich zu lange die Hütte nicht verlassen, das Bett nicht verlassen konnte. Ich brauchte Wasser, ich brauchte Holz. Täglich!

Ich konnte keinen Hahn öffnen und wann immer mir danach war ohne Unterlass Wasser entgegen schießen lassen, oder vielmehr an mir vorbei. Es war gleichgültig gewesen in meinem alten Leben, ohne Wert. Ich hatte kein Interesse daran gehabt.

Ich blickte auf den Topf, den ich auf den Ofen gestellt hatte, um das Wasser darin zum Kochen zu bringen, um es am kommenden Tag trinken zu können, ohne mich zu vergiften.

Es war etwas anderes, als den Hahn nach oben zu ziehen und es war nochmal etwas anderes, wenn man sich kaum bewegen konnte.

Alles, das man für gegeben hielt, alle Verzierungen des Lebens, jedes kleine Licht, das ein bisschen Hoffnung vor sich hin flackerte, jeder Moment, der an einem vorbei geschah, ließ einen zurück.

Das Bett, der Ofen und die Hütte waren meine einzigen verbliebenen Freunde. Sie sorgten dafür, dass ich auch Morgen wieder aufstehen würde. Und noch hier sein würde. Es waren natürlich keine richtigen Freunde. Niemand, den ich fragen konnte, wie sein Tag gewesen war. Wahrscheinlich war ich jedoch nicht mehr weit davon entfernt, es doch zu tun. Ich würde keine Antwort bekommen. Der Stille um mich herum, konnten Geräusche nichts anhaben, vielmehr war sie mehr als die Absenz von Lauten. Sie war die Absenz von

Sprache und damit die Absenz von allem. Von Dialog, von Zuneigung, von Kameradschaft, von allem, was es einem ermöglichte, sich als Mensch fühlen zu können. Ich verlor langsam die Definition meiner selbst und ich fragte mich, was das eigentlich bedeutete.

Wie viel Ich war noch in mir? Wie sehr gehorchte das, was ich tat, noch dem, was ich wollte, was irgendwann mal die Intention meiner selbst gewesen war? Ich wollte nicht der Mensch sein, der in dieser Hütte hauste und ich konnte doch kein anderer sein. Ich fühlte mich gefangener als je zuvor. Nicht gefangen an diesem Ort, nicht gefangen, weil ich den Wagen sabotiert hatte und nun nirgends anders sein konnte als hier, wollte ich nicht sterben, sondern vielmehr war ich Gefangener meiner selbst. Alle Entscheidungen, alle Wege die ich bis zum heutigen Tag beschritten hatte, hatten dafür gesorgt, dass ich hier war, hier lag und nichts mehr geblieben war, als das was von mir übrig war.

Ich würde nie wieder jemand fragen, wie sein Tag war! Es war vielleicht die am häufigsten gestellte Frage, die doch so selten eine Bedeutung hatte, ein Hauch im Nichts, um die Stille zu füllen, die einen sonst zu Boden drücken würde, je länger sie durch den Raum waberte und doch war die Unmöglichkeit jemals wieder diese Frage stellen zu können, der schlimmste Gedanke, der mir jemals in den Kopf geschossen war, seit ich mich hierher zurückgezogen hatte.

Ich quälte mich aus dem Bett, während mir jemand zweimal in den Oberkörper schoss. Zumindest fühlte es sich so an. Ich nahm den Topf vom Ofen und stellte ihn auf den Tisch, bei dem es mich immer noch wunderte, dass er tatsächlich noch stand. Anschließend nahm ich eine Dose mit irgendetwas darin, das erhitzt weniger schlecht schmecken würde, als kalt und stellte sie anstatt des Wassers auf den Herd.

Ich überlegte, ob es sich lohnte, sich während des Wartens wieder ins Bett zu legen, beschloss aber, dass ich stattdessen auf einem der Stühle Platz nehmen würde. Ich ließ mich darauf sacken, als wandelte ich schon einige Dekaden länger auf dieser Welt, als ich es tatsächlich tat. Ich schnaufte, als hätte ich mich verausgabt, als ich endlich eine Postion erreicht hatte, in der die Schmerzen auszuhalten waren.

Auf dem Tisch stand noch das Glas mit Whisky, das ich am Vorabend nicht leer getrunken hatte und ein Päckchen mit einer letzter Zigarette darin. Ich griff nach beidem.

45

Als ich am nächsten Morgen erwachte, tat ich es begleitet von einem lauten Schrei. Ich hatte mich aufrichten wollen und war noch nicht genug im Diesseits angekommen, um zu berücksichtigen, dass ich mir die Rippen gebrochen hatte. Oder eine. Es machte keinen Unterschied.

Ich ließ mich sacht in die Matratze zurück sinken und schloss die Augen. Es würde schwierig werden in den nächsten Wochen, das war mir auch schon wenige Sekunden nach meinem Sturz klar gewesen, aber so richtig bewusst wurde es mir erst in diesem Moment. Es ist das endgültigste, was es gibt, wenn man so aus dem Schlaf erwacht, wie man in ihn gesunken ist. Dieser Moment, in dem man die Augen aufschlug und alles sein könnte. Alles Realität, was einem die Träume vorgespielt hatten, alles vergangen, was am Tag zuvor geschehen, und jede Zukunft noch für einen Wimpernschlag möglich, so großartig oder grausam sie auch sein mochte.

Seit dem Tod meiner Frau hatte ich Angst vor dem Aufwachen. Wie oft war ich erwacht und für eine Dauer, die kürzer als ein Moment verstreichen konnte, anhielt, war ich mir sicher, sie wäre noch am Leben, weil ich sie doch eben noch in meinen Träumen gesehen hatte. Einmal hatte ich mich zu ihr umgedreht und wollte ihr den Arm um die Schulter legen, der dann jedoch nur die Luft durchschnitt, bevor er die Matratze berührte.

Und in jedem dieser Momente, starb sie erneut für mich, wurde sie mir erneut genommen, spielte sich alles erneut vor meinen Augen ab. Der Unfall, die Stunden im Krankenhaus, aber vor allem rasten mir immer wieder die Szenen durch den Kopf, in denen ich sie zu Grabe trug, dieser unselige Brauch, bei dem jeder, der am offenen Grab stand, eine kleine Schaufel voll Erde auf den Sarg warf, als genügte es nicht, dass sie tot war, sondern man war auch noch Teil ihres Verschwindens.

Ich hatte mich dem entzogen. Ich hatte genug Schuld auf mich geladen und wollte nicht auch noch persönlich dafür sorgen, dass genug Erde zwischen ihr und mir sein würde, so dass ich sie nie wieder sehen müsste.

Ich war nie ein gläubiger Mensch gewesen und insbesondere mit konfessionellem Glauben konnte ich nichts anfangen, aber ich denke, ich habe immer gehofft. Ich hatte gehofft, dass glauben richtig war, auch wenn ich es selbst nicht konnte. Ich hatte gehofft, dass es irgendetwas Gutes gab, abseits allem Messbaren, das alles im Blick hatte und wenn der Moment gekommen war, jeden wiegte, so wie es Mütter mit ihren Kindern taten.

Der Tod meiner Frau erschoss die Hoffnung glauben zu können!

Er löschte die kleine Flamme, die in mir schwelte, aber nie entzündet wurde, endgültig aus. Was sollte noch kommen, was sollte mir noch widerfahren, das die Sinnlosigkeit dieser Erschütterung tilgen würde? Es war ein fürchterlich selbstbezogener Gedanke, aber letztlich war sie mir gestorben und niemand anderem. Sicher hatte es Komparsen in ihrem Leben gegeben, die pflichtschuldig ein paar Gramm Erde auf ihren Sarg geschmissen hatten, aber primär war sie mir genommen worden, und niemand anderem, als würden diesen Menschen ein Buch im Regal fehlen, während mir die ganze Fassade weggerissen wurde.

Ich hatte es als zutiefst ungerecht empfunden und so empfand ich immer noch. Ich war der einzige, dessen Stück ein Hauptcharakter genommen wurde.

Immer wieder grübelte ich, ob alles, was danach geschehen war, nur damit zusammen hing, ob ich einfach den Verstand verloren hatte.

Ich glaubte auch, dass der Grat schmal war hier draußen, als hangelte ich mich auf einer Hängebrücke ohne Halt an den Flanken keinem Ende entgegen. Alles schwankte, alles vibrierte und ich wusste nicht mehr, ob ich den Halt schon verloren hatte und einer unbekannten Tiefe entgegen rauschte, oder ob ich noch beide Füße, oder zumindest einen, auf den Planken hatte.

Dieses ständige Starren in den Ofen und diese Kälte, die meinen Körper seit Wochen nie ganz verlassen hatte, waren keine guten Ratgeber und vielleicht waren sie genau die Ambivalenz, die meine ganze Existenz hier draußen widerspiegelte. Ich hatte alles versucht, jede Nabelschnur zu trennen, jede Verbindung zu meinem vorherigen Aggregatzustand zu verwischen, mir insbesondere auch selbst aus dem Kopf zu löschen und mich allem Vergangenen loszusagen. Und schürte ich den Ofen noch so sehr an, etwas von der Kälte, die die Hütte umgab, kroch immer unter der Türschwelle hindurch und tief in meine Glieder.

Und alles begann sich mit allem zu vermengen. All die Dinge die ich getan hatte, bevor ich hierher gekommen war, all die prätentiösen Gelegenheiten, zu denen mich meine Frau widerwillig begleitet hatte, all die Gespräche in heruntergekommenen Rasthöfen, aber auch jeder Hieb mit der Axt auf ein Scheit Holz, um es zu zerkleinern, jeder Gang zum Brunnen, um ihm die tägliche Ration Wasser zu entlocken, alles verschmolz zu einem diffusen Bild meiner Selbst, in dem ich mich zu verlieren drohte. Mir ging die Ahnung von mir verloren, vielleicht verblassten auch nur meine Eigenschaften.

Es gab keine Möglichkeit, liebevoll, herzlich, emphatisch, oder auch missgünstig, intrigant und neidisch zu sein hier draußen. Egal, was ich einmal gewesen war, meine Attribute begannen zu verschwinden, weil sie ihre Bedeutung verloren hatten.

Ich saß vor dem Ofen und erlebte den selben Tag immer und immer wieder, nur das Wetter um mich herum veränderte sich. Meinen Mund benutzte ich nur zum trinken und essen, oder zum schreien, wenn ich mir Rippen brach. Aber ich hatte mich der Möglichkeit entzogen, etwas jemand gegenüber sein zu können. Ich war nur noch mit mir.

Ich war das letzte Gegenüber, dem ich begegnen sollte.

Selbst alles Wissen, das ich aufgesogen hatte, war überwiegend bedeutungslos geworden. All die Fakten, all die Statistiken, all die Zusammenhänge, wertlos, in einer Welt, die nur mich und eine Hütte im Wald kannte.

So viele Facetten, bei denen ich sicher gewesen war, dass sie so zu mir gehörten, wie meine Organe, und die ich doch wie Accessoires abgelegt hatte in den letzten Monaten. Allein, ich war mir nicht sicher, ob ich Teile meiner Selbst verlor, oder nur Eigenschaften, die sich an mich geheftet hatten, abschüttelte.

46

In dieser Nacht hatte ich den selben Traum, wie einige Monate zuvor. Erneut erwachte ich schweißgebadet in meinem Bett und warf meinen Blick direkt aus dem Fenster zu meiner rechten. Erneut stand der Wald in Flammen. Nicht, dass nur ein paar kleine Feuer loderten, sondern alles was ich sah, war Feuer, Äste sausten zu Boden und schwelten dort weiter vor sich hin und in der Hütte war es taghell.

Ich sprang aus dem Bett, schlug die Tür auf und blieb wenige Schritte vor der Veranda stehen, weil mir die Hitze das Gesicht zu verbrennen drohte. In jede Richtung, in die ich blickte, schlug mir ein Inferno entgegen. Mir entging sogar, dass ich meine Rippen nicht spürte, gar nichts spürte ich, außer die Flammen, die alles um mich herum umgeben zu schienen.

Ich entdeckte den Fuchs, der unter einem Busch kauerte, wenige Meter von mir entfernt. Ich machte einige Schritte auf ihn zu, den Arm vor die Augen haltend. Tränen flossen mir bereits die Wangen herab. Nicht, weil ich traurig war, sondern weil mein ganzes Gesicht zu brennen schien, als hätte ich meinen ganzen Schädel in den Ofen gehalten.

Der Fuchs nahm mich wahr und rannte davon, mitten in die Flammen, in denen er geradezu verpuffte. Als wäre er gefüllt mit Gas, stieg eine Flamme gen Himmel, als er der Waldrand erreichte und eine Wimpernschlag später sah ich nichts mehr, das an ihn erinnern würde, als wäre er von einem schwarzen Loch verschluckt worden.

Asche regnete vom Himmel wie dreckiger Schnee und legte sich auf die Hütte, auf das Wrack des Autos, das wenige Meter entfernt vor sich hin verweste und selbst auf mein Haupt. Ich ging einmal um die Hütte herum und hielt dann plötzlich von einer auf die andere Sekunde inne. Als ich sie zu zwei Drittel umrundet hatte, sah ich etwas, dass mich trotz all der Hitze gefror. Alles um mich herum stand in Flammen, alles, außer der schmale Weg, auf dem ich vor einigen Monaten mit einiger Vorsicht den Wagen herauf gesteuert hatte, bevor ich ihn neben der Hütte geparkt hatte und mit zufriedenem Lächeln ausgestiegen war.

Der Anblick war dennoch verstörend. Die Baumwipfel hingen über dem Weg ineinander verwoben, aber sie brannten nicht. Alle Bäume, die den Weg flankierten, standen nur bis unter die Krone in Flammen, als wollte das Feuer sie nicht vereinigen oder es sie nicht in Gänze verschlingen.

Ich sah in den Tunnel der sich vor mir auftat und wusste nicht so recht, was ich tun sollte. Ich drehte mich einmal um die eigene Achse. Es gab keine einzige andere Lücke, in dem Kreis, der um mich herum wütete. Die Hitze war schier unerträglich, obwohl die ersten

Flammen noch ein Stück entfernt von mir alles Leben tilgten, das ihnen im Weg stand. Gedanken rauschten durch meinen Kopf und verließen ihn in der gleichen Sekunde, in der sie ihn betreten hatten, still und wortlos, als wären sie Gespenster, die durch die Räume alter Gemäuer huschten.

Dann vernahm ich ein seltsames Geräusch, das beinahe untergegangen wäre, während Äste zu Boden rauschten und ganze Bäume entzwei brachen. Es war ein gewohntes Geräusch. Zumindest einmal gewesen. Ein sonores Rattern, das nur eines heißen konnte. Ich rannte erneut um die Hütte herum und kam ungläubig einige Meter vom Pick-Up entfernt zum Stehen, als hätte man Fesseln an meine Füße gelegt, die keinen weiteren Schritt erlaubten. Ich kniff die Augen zusammen und konnte nicht glauben, was ich sah. Über und über mit Asche bedeckt stand er da, die rote Lackierung war kaum noch auszumachen. Aber ich konnte den Motor rattern hören, wie er im Leerlauf glucksend vor sich hin lief und aus den Auspuffrohren kräuselten sich tatsächlich kleine Schwaden von Abgasen.

Ich konnte mir nicht erklären, wie der Wagen zu sich gekommen war, aber ich ertappte mich dabei, wie ich eine Hand vor den Mund schlug, während die Tränen an ihr vorbei liefen und über sie hinweg.

Nach einigen Sekunden kam ich wieder zu mir und rannte auf die Fahrertür zu, riss sie förmlich auf, schwang mich auf den Sitz und schlug sie hinter mir wieder zu. Ich griff nach dem Gurt und beschloss im gleichen Wimpernschlag, dass das letzte, über das ich mir Gedanken machen sollte, angeschnallt zu sein war. Es war ein Reflex aus alten Zeiten, in denen Normen und Verlässlichkeit noch von Bedeutung gewesen waren. Meine rechte Hand bewegte sich in Richtung des Schaltknüppels, um ihn von der Park- in die Fahrposition zu bewegen.

Meine rechte Hand berührte das warme Leder, verharrte einige Momente darauf und ließ es dann wieder frei. Ich starrte aus der Windschutzscheibe und sah nichts, nichts außer tanzenden Frauen in roten Kleidern, die sich fern jeden Takts um mich herum bewegten und mit jedem Schritt ihrer ungelenken Choreographie näher kamen.

Ich weiß nicht mehr, wie lange ich so da saß, ohne mich zu bewegen und ohne den Schaltknüppel zu berühren. Schweißtropfen perlten meinen Nacken hinab und verschwanden unter meinem Pullover, um anschließend meinen Rücken entlang zu kullern und irgendwann zu versiegen.

Plötzlich brach ein ganzer Baum entzwei und die eine Hälfte rauschte weniger Meter neben dem Wagen auf den Boden, schlug dort auf und stob einen Nebel aus Asche auf.

Ich vergrub mein Gesicht in meinen Händen und weinte bitterlich. So lange bis meine Hände so feucht waren, dass ich sie an meiner Hose abwischen musste. Mein Blick war so verschwommen, als bräuchte ich eine Brille. Nur die sengende Hitze war geblieben.

Ich wusste, dass ich es nicht tun konnte und tief in mir drin, war es mir von Anfang an klar gewesen. Mein Leben hatte keine Wahl mehr, keine Gefühle und keine

Entscheidungen. Ich hatte aller Schalter in mir ausgetauscht, alle Kabel neu verlegt, oder vielleicht auch nur so verlegt, wie sie ursprünglich mal gedacht waren.

Der Hohn der eigenen Hybris hatte sich über mich ergossen, wie ein Tsunami eine Küstenstadt davon riss und von all den Häusern nur noch wenige Wände und Pfeiler übrig ließ, die wie faule Zähne in die Höhe sannen und in dem Moment, in dem das Wasser über sie hinweg geschossen war, nichts mehr waren als Relikte von einst Dagewesenem, das seine Zeit gehabt hatte, aber den Untergang ereilt hatte, wie es alles und jeden ereilte. Das alles war mir vom Leib gerissen worden, jedes Bild von mir, das ich so gerne gezeichnet hatte, alle Eklektik, die ich stets geglaubt hatte in mir zu tragen, und vielleicht viel mehr vor mir herzu tragen versucht hatte, hatten sich als nichts anderes als Aufkleber herausgestellt, die mein Sakko geziert hatten, sie waren nichts als Embleme ohne Wert, nie gefüllt mit Leben, Zirkonia, mit denen ich mich allzu gern geschmückt hatte.

Ich war bei mir angekommen, bei der ursprünglichsten Variante, die ich sein konnte, wenn nichts dazwischen kam. Viel war nicht mehr geblieben, außer einer Hand voll Eigenschaften, die mich nicht davor schützen würden in naher Zukunft in Flammen aufzugehen.

Ich saß immer noch unverändert auf dem Fahrersitz des Pickups, die linke Hand am heißen Leder des Lenkrads, die rechte knapp über dem Schaltknüppel schwebend.

47

Als ich die Nummer auf dem Display meines Handys las, das vibrierend über den Tisch kroch, sprang ich förmlich von meinem Stuhl auf, griff hastig danach und wischte den grünen Hörer nach rechts.

„Ja?", rief ich in das Telefon.

„Wir müssen uns treffen!", sagte Bachmann. „Heute noch!"

Michael sah mich fragend an. Ich nickte ihm mit aufgerissen Augen zu und er verstand.

„Wo?"

„Von mir aus wieder in dem Loch vom letzten Mal. Da ist wenigstens kein Schwein und ich habe schon gegessen."

„Sehr gut." Ich sah auf meine Uhr. „In einer Stunde?", fragte ich.

„Passt mir. Bis dann!"

Dann legte er ohne weitere Erklärungen auf.

„Was hat er gesagt?", fragte mich Michael, während er seine Zigarette in dem Aschenbecher vor ihm ausdrückte.

„Nichts! In einer Stunde treffen wir ihn am Rasthof."

„Wie hat er geklungen?"

„Nicht gut. Überhaupt nicht gut."

Ich stand auf, ging zur Garderobe und nahm meinen Mantel. Michael schwang die Beine von meinem Schreibtisch und tat es mir gleich. Als er halb aus der

Tür war, drehte er um, ging zurück zum Schreibtisch und leerte mit einem Schluck das Glas Whisky, dass er sich vor wenigen Minuten eingeschenkt hatte. Immerhin hatte er an diesem Tag damit gewartet, bis es bereits dunkel draußen war.

Ich wusste, dass jeder Kommentar zwecklos war.

Im Aufzug fiel mir ein, dass ich etwas vergessen hatte.

„Scheiße!" Ich drückte auf mehrere Knöpfe am Aufzug, aber selbstverständlich hielt er nicht auf seinem Weg nach unten.

„Was ist?"

„Ich habe etwas vergessen. Wir treffen uns am Auto. Du kannst schon mal den Wagen anlassen. Ich brauch keine fünf Minuten.

„Ich stecke ganz bestimmt keinen Schlüssel in ein Zündschloss. Du weißt, dass ich keinen Führerschein mehr habe?"

„Dann kannst du ihn schon nicht mehr verlieren. Ich schmiss ihm im Gehen den Schlüsselbund zu und begann die Treppen nach oben zu springen.

„Mach die Sitzheizung an!", rief ich ihm noch über meine Schulter zu.

Die meiste Zeit der Fahrt schwiegen wir. Michael sah aus dem Seitenfenster in die Nacht hinein und vermutlich durch sie hindurch. Wald rauschte links und rechts an uns vorbei und nur selten überholten wir ein Auto. Es regnete nicht, aber es war neblig, wie so oft, wenn die letzte Wärme aus dem Herbst verschwand.

„Er weiß alles, oder?" sagte Michael mit leicht entrückter Stimme plötzlich in das sonore Brummen des Motors hinein.

Ich sah für einen Moment zu ihm herüber und wieder auf die Straße vor mir, die aussah als schob sie sich unter uns hindurch.

„Vielleicht weiß er sogar mehr. Mehr als wir", erwiderte ich.

„Und wenn er nicht mitspielt?"

„Er wird!"

„Du kennst ihn! Ich hab ein Scheißgefühl bei der Sache, Mann!"

„Er wird nichts davon irgendjemand erzählen, geschweige denn etwas veröffentlichen!"

Michael atmete hörbar tief ein und kurz darauf wieder aus.

„Ein bisschen wünschte ich fast, er würde es tun und dieser ganze Spuk wäre auf einen Schlag vorbei," sagte er nach ein paar Augenblicken und wirkte ungewohnt nachdenklich.

„Bist du verrückt geworden, Michael?"

„Das ist ein riesiges Schlamassel und das weißt du! Das wird uns noch Jahre beschäftigen. Es wird wie ein Feuer sein, dass man nie ganz gelöscht bekommt, weil irgendwo ein Funke einen neuen Brandherd neu entfacht. Jeden Tag wird uns das begleiten. Vielleicht wird nie etwas herauskommen, vielleicht in ein paar Monaten, ein paar Jahren. Wer weiß das schon? Und so lange werden wir warten, wie eine verprügelte Frau auf den Tag, an dem ihr Ex-Mann aus dem Knast entlassen wird, Brandherde löschen, wenn sie auftauchen und versuchen unsere Köpfe von Fallbeilen fernzuhalten, Tag ein Tag aus."

Ich überlegte lange, was ich darauf entgegnen sollte. Währenddessen ließ Michael das Seitenfenster ein Stück weit nach unten und zündete sich eine weitere Zigarette an.

„Wahrscheinlich hast du Recht. Das ist der Deal, nicht wahr? Es ist unser Job! Fürs nichts tun, schütten sie uns nicht mit Kohle zu, bis wir kaum noch atmen können!

Wir haben einen heißen Tanz vor uns, Michael, solche Gedanken können wir nicht gebrauchen. Wenn dieses Arschloch damit an die Öffentlichkeit geht, werden es unsere Frauen sein, die auf den Tag unserer Haftentlassung warten!"

„Ich bin nicht dämlich!", sagte er in ruhigem Ton.

Dann wieder Stille.

„Ich habe gesagt, ich wünschte!", nachdem eine halbe Ewigkeit vergangen schien.

48

Ich lenkte den Wagen in die gleiche Parkbucht, wie drei Tagen zuvor. Selbst die Uhrzeit war annähernd die gleiche.

Nach ein paar Schritten hielt ich Michael an seinem Mantel zurück.

„Michael! Schau mich an!" Er drehte sich zu mir um, und sah mir in die Augen, während sich ein Lichtstrahl der Außenbeleuchtung in seinem rechten Auge brach.

„Wir schaffen das! Und ab morgen werden wir beginnen einen riesigen Teppich zu weben, unter den wir alles kehren, was geschehen ist und noch geschehen wird. Und es wird uns gut gehen!"

Er nickte stumm und wand sich aus aus meinem Griff.

Wieder wartete Bachmann am Tisch in der hintersten Ecke der Gaststätte. Diesmal stand lediglich eine Tasse Kaffee vor ihm, auf den Kuchen hatte er scheinbar verzichtet.

Mit einer Handbewegung bedeutete er uns Platz zu nehmen und verzog dabei keine Miene.

Er griff nach der Tasse, führte sie zum Mund, trank einen Schluck und setzte sie anschließend wieder ab. Danach fuhr er sich mit einer Hand über den Mund, griff in seinen Mantel, warf uns wortlos eine Akte entgegen und verschränkte die Arme vor seiner Brust.

Michael und ich sahen uns an und da er keine Anstalten machte, danach zu greifen, tat ich es.

Ich blätterte durch die schwarz-weiß Kopien. Bilder, Dokumente, Verträge, Gesprächsprotokolle. Mit jeder Seite, die ich überflog, sank ich tiefer in den Stuhl. Nicht tatsächlich, aber ich schrumpfte innerlich zusammen. Nach der Hälfte schlug ich die Akte zusammen und warf sie Bachmann entgegen.

„Das ist alles?", fragte ich ihn. Er grinste.

„Nein. Aber es genügt, um sie zu ruinieren. Ich konnte es ja selbst kaum glauben, als ich das Zeug in die Finger bekommen habe. Dass ihr alle schmierige Schweine seid, wusste ich ja schon vorher. Aber das ist ein neues Level!" Er trank erneut einen Schluck.

„Und wisst ihr, was das schlimmste ist? Ich habe gestern zwei Flaschen Wein gebraucht, um überhaupt schlafen zu können. Ich bin heute morgen auf der Couch aufgewacht und mein Rücken fühlt sich an, als wäre ich gerade von einem Krieg zurückgekehrt."

„Das geht mir wirklich zu Herzen, Bachmann!", entgegnete ich ihm.

„Dankeschön. Aber ich war noch nicht fertig. Vielleicht interessiert es euch, warum ich nicht schlafen konnte?", er zog seine Augenbrauen nach oben.

Ich gab ihm zu verstehen, dass er fortfahren sollte, weil ich keine Lust verspürte sein Spiel mitzuspielen.

Er ließ sich einen weiteren Moment Zeit, bis er endlich weitersprach: „Als ihr mich gefragt habe, ob ich euer Trüffelschwein spielen würde, hatte ich am Anfang überhaupt keine Lust. Ich habe bisher immer beobachtet, nie selbst gespielt und mich auch nie vor irgendeinen Karren spannen lassen. Und es hatte nichts damit zu tun, was ihr gesagt habt, oder ihr mir versprochen habt, das mich umgestimmt hat."

Wieder legte er eine Pause ein. Er schob die halbvolle Tasse zur Seite.

„Nicht einmal Kaffee schmeckt hier. Wie kann man nur Kaffee versauen?", fragte er. Ich vermutete, dass er keine Antwort erwartete und fragte stattdessen: „Sondern?"

„Mit einem Punkt hattet ihr Recht. Und zwar, dass niemand der bei klarem Verstand ist, ihn gewinnen sehen will. Menschen gehen unterschiedlich mit Macht um. Manche wachsen darunter. Manche werden zaghaft, andere missbrauchen sie. Und wahrscheinlich sagt es viel über einen Menschen aus, wie er mit Macht umgeht, wenn sie ihm verliehen wurde.

Aber es gibt etwas, dass noch mehr über einen Menschen aussagt!" Erneut hielt er inne. Ich hatte seine Masche leid.

„Komm zum Punkt, Bachmann, ich hab keine Zeit für deine Predigten!"

„Oh, die Zeit wirst du dir aber nehmen müssen, mein Freund!", sagte er und betonte das Wort Freund auf die giftigste Art und Weise, auf der man es betonen konnte.

„Was ich hier gefunden habe, in gottverdammt gerade einmal drei Tagen, wer weiß, wer und was da noch mit drin hängt, hat mir eine Sache bewusst gemacht, und zwar, dass es sicherlich sehr gut geeignet ist, um das Bild eines Menschen zu zeichnen, zu sehen, wie er mit Macht umgeht, aber nicht annähernd so, als was er bereit ist zu tun, um an die Macht zu kommen!" Er deutete erst mit dem Finger auf mich, dann auf Michael.

„Sie ist schlimmer als er! Nicht indem, was sie sagt und auch nicht in dem, was sie vorhat. Aber in dem, was sie bereit ist dafür zu tun.

Das erste, was ich heute früh gemacht habe, war eine Schmerztablette zu nehmen, damit ich aufrecht sitzen konnte. Danach habe ich einen Artikel geschrieben. Er ist noch nicht fertig, aber ich werde ihn morgen früh an alle wichtigen Zeitungen verschicken und eine davon wird ihn drucken und mir einen Haufen Kohle dafür geben!

Aber wisst ihr was? Es interessiert mich einen Scheiß! Im Gegensatz zu euch tue ich, was ich tue nicht des Geldes wegen. Ich bekomme es, aber es ist mir egal. Es ist nie der Grund, warum ich Dinge tue!

Wenn ich in eure Fratzen sehe und in die aller anderen Nagelstreifenidioten, die euch umgeben und für die ihr arbeitet, sehe ich nichts als Gier. Das ist euer Antrieb, euer Mammon!

Vielleicht wird es schlimmer unter ihm, vielleicht nicht, wer weiß das schon. Aber ich werde die Wahrheit sagen, nicht weil ich mich ihr verpflichtet fühle, ich kenne keine Pflicht, aber weil sie die einzige Göttin ist, deren Lied ich singen werde."

„Fertig?", fragte ich ihn, kaum, dass er das letzte Wort gesagt hatte. Er nickte.

„Dann hör' mal zu, Bachmann! Deine Motive sind mir egal! Sie mögen dir edel, oder gerecht erscheinen, was sie meistens sein mögen, aber hier führen sie zu den falschen Ergebnissen. Ich sage nicht, dass ich die Sache gutheiße, aber ich weiß, was die Alternative ist und die werde ich mit aller Macht versuchen zu verhindern. Verstehst du mich?

Was immer dir Zeitungen bieten, wir zahlen dir das dreifache. Du willst einen Privatjet, einen Titel, Diplomatenstatus oder eine ganze beschissene Insel für dich allein, ich werde dir alles beschaffen, wenn du nur die nächsten acht Jahre schweigst. Ich erwarte nicht, dass du lügst. Nur, dass du wartest bis du sprichst!"

Bachmann sah mich an, sah mir direkt in die Augen, während er seine kaum sichtbar zusammenkniff. Er nahm die Akte und stand auf.

„Wir sind fertig!"

„Das ist keine gute Idee, Bachmann!" Ich stand ebenfalls auf, um auf Augenhöhe mit ihm zu sein, er überragte mich trotzdem um beinahe einen ganzen Kopf.

„Ich habe nur gute Ideen! Schönen Abend noch. Auch dir Michael!" Dann wand er uns den Rücken zu und ging Richtung Ausgang. Auf halbem Weg nach draußen hob er noch die rechte Hand und winkte uns, ohne sich umzudrehen, zu.

„Bachmann!", rief ich ihm hinterher. Er ging einfach weiter.

„Verdammt!", fluchte ich.

„Michael! Los, komm mit! Ich warf genug Geld für den Kaffee auf den Tisch inklusive absurd hohen Trinkgelds, schnappte meine Jacke, tastete alle Taschen von außen danach ab, ob ich auch nichts vergessen hatte und stürmte Richtung Ausgang.

Draußen angekommen, blickte ich mich um, und beinahe wäre Bachmann hinter der Hauswand der Gaststätte verschwunden und ich hätte ihn nicht mehr gefunden. Ich ging schnellen Schrittes um das Gebäude herum, dorthin, wo Bachmann scheinbar geparkt hatte. Er saß bereits bei laufendem Motor auf dem Fahrersitz und war gerade dabei sich anzuschnallen, als ich an seine

Scheibe klopfte. Ich bedeutete ihm mit den Händen, dass er das Fenster herunterlassen sollte. Zu meinem Erstaunen tat er es tatsächlich.

„Was?", fragte er genervt.

„Es ist noch nicht mal, dass ich dich nicht leiden kann Bachmann! Ich kann dich nicht leiden, aber das ist nicht der Punkt. Ich habe sogar Respekt vor dir und all der Moral, die du glaubst in dir zu tragen, aber du begehst trotzdem einen Fehler, den ich dich nicht begehen lassen kann."

Er sah mich mit Unverständnis an, schüttelte den Kopf und begann das Fenster wieder nach oben fahren zu lassen.

„Bachmann! Du wirst nie wieder einen Artikel veröffentlichen, wenn du das tust, das verspreche ich dir!", rief ich durch den letzten Spalt.

Er rollte mit den Augen und wendete den Blick ab von mir. Meine Hand berührte das Metall in meiner Manteltasche und umschloss den Griff. Ich spürte das Blut durch meinen Schädel rauschen. Ich schluckte. Bachmann blickte mir in die Augen während er den Gang einlegte. Ich umklammerte den Griff so fest, als würde ich von irgendwo herabstürzen, ließe ich ihn los. Es vergingen nur Sekunden, die sich ausdehnten und mir vorkamen, als stünde ich minutenlang vor Bachmanns Wagen, während er in Zeitlupe den Fuß auf das Gaspedal senkte und langsam beschleunigte. Ich blickte auf meine Schuhe und löste die Hand von dem Metall in meiner Manteltasche.

Michael bog um die Ecke und sah mich an.

„Ich konnte es nicht tun, Michael! Ich konnte es nicht."
„Was konntest du nicht tun?"
„Es spielt keine Rolle mehr." Ich seufzte. „Können wir
zurück in mein Büro fahren und uns betrinken? So sehr,
dass wir all das vergessen haben morgen?"
Ein mildest Lächeln legte sich auf sein Gesicht.
„Ich weiß nicht, ob uns das gelingt, mein Freund. Aber
wir sollten es zumindest versuchen!"

49

Ich hatte jedes Zeitgefühl verloren. Es hätten Sekunden,
Minuten oder eine ganze Stunde sein können, die ich
beinahe regungslos auf dem Fahrersitz des Pick-Ups
gesessen war, während der Motor lief und alles um mich
herum von Flammen verschlungen wurde.
Das Feuer kannte keine Barmherzigkeit, es würde alles
verzehren, was ihm zu nahe kam. Es war Endgültigkeit
die ich empfand, als ich meine Hände in den Schoß
legte und auf sie herab sah, Hände die es erst vor so
kurzem gelernt hatten zu arbeiten. Keine Urne würde
meine Asche auffangen, sonder vielmehr würde sie sich
mit allem anderen vermischen, was um mich herum
verbrannte und langsam in den Boden sinken, bis die
letzte Flocke vom Antlitz der Erde verschwunden sein
würde.
Eine meiner Hände griff nach der Fahrertür und öffnete
sie. Ich blickte nach links, auf das Gras, das über und

über mit Asche bedeckt war und stieg wie in Zeitlupe aus dem Wagen, ohne mir die Mühe zu machen, die Tür hinter mir zu schließen. Ich hörte meine eigenen Schritte nicht, so laut loderten die Flammen um mich herum. Erst hatte ich den Klang meiner Stimme vergessen und nun auch noch den meiner Schritte. Was würde mir als nächstes genommen werden?

Einen Fuß setzte ich vor den anderen, bis ich wieder vor der Tür zur Hütte stand. Ich streckte eine Hand nach ihr aus, aber ich zögerte. Ein letztes Mal blickte ich um mich, das Inferno, das zwar noch nicht auf die Wiese, die zwischen uns lag, übergegriffen hatte, aber dies bestimmt bald tun würde, die kleine Hütte in der das Holz lagerte, dass ich aber seit meinem Unfall beinahe vollständig aufgebraucht hatte und der Wagen, der kaum sichtbar vibrierte, das Geräusch des laufenden Motors aber nicht mehr zu mir durchdringen konnte.

Die letzte Wahl in meinem Leben war keine wirkliche. Ich hätte mir nicht verziehen, eine andere zu treffen, nicht mehr.

Ich öffnete die Tür und betrat die Hütte.

Ich ging zum Ofen, nahm die Schüssel mit Wasser, die ich darauf gestellt hatte und löschte das Feuer. Anschließend ging ich zu der Truhe, die neben meinem Bett stand und öffnete sie.

Es war Monate her, dass ich das letzte Mal einen Blick hinein geworfen hatte. Viel bewahrte ich ohnehin nicht in ihr auf, nur ein paar Dinge, von denen ich sicher war, dass ich sie am Ende brauchen könnte. Ich griff nach der Flasche Whisky, der Sorte, die ich am liebsten trank und nach der Schrotflinte. Dann blieb mein Blick an einem Foto, das meine Frau und mich zeigte, hängen. Obwohl sie nicht in meine Richtung sah, blickte sie mir direkt in die Augen. Als hätte sie sich posthum in Mona Lisa verwandelt. Ich stellte den Whisky kurz zur Seite, nahm auch das Bild an mich und setzte mich mit allen Dreien an den Tisch. Ich schenkte mir ein Glas bis kurz unter die Kante voll und leerte es zur Hälfte mit dem ersten Schluck.

Man dachte vermutlich immer, dass es noch etwas länger dauern würde, die anderen, ja, die wurden mitgenommen, aber man selbst doch nicht. Ich hatte keine Angst vor dem was kam, ein wenig vor den Schmerzen, wenn die Flammen über die Hütte herfallen würden, aber wahrscheinlich würde es nicht lange dauern, bis es vorbei sein würde.

Und was sollte es sein, was danach kam, was ähnlich bedeutungslos sein würde, wie alles, an das ich mich erinnerte, das mir widerfahren war. Wie blind und aller Sinne beraubt ich Tag an Tag gereiht hatte, und bei der Mehrzahl froh gewesen war, wenn sie vorbei waren, als traurig, dass sie sich dem Ende neigten. Und ich hoffte, dass es kein Gericht gab, das jemals über mich befinden würde, das jemals Bilanz ziehen würde, über all die Dinge die ich getan, oder unterlassen hatte zu tun.

Eine Statue in Gedanken, wäre alles, was von mir bleiben würde, unbeweglich, in irgendeine Form gegossen, an der ich nichts mehr würde ändern können, weil dies das Antlitz war, als das ich in Erinnerung bleiben würde und welche Form auch immer sie annehmen würde, ich hätte sie verdient.

Ich nahm einen weiteren Schluck und goss mir nach. Es hätte dunkel sein müssen in der Hütte, aber es war taghell. Ich drehte meinen Kopf zum Fenster, nichts hatte sich an dem Anblick hinter der Glasscheibe geändert. Dann sah ich auf die Schrotflinte, die ich auf den Tisch gelegt hatte, ihre Mündung zielte weg von mir. Sie war geladen und ich wollte sicher gehen, dass sich durch die ansteigende Hitze kein Schuss löste. Als der Gedanke in meinem Kopf widerhallte, begann ich laut zu lachen. Ich würde die Nacht ohnehin nicht überleben, was machte es schon für einen Unterschied wann ich genau sterben würde?

Ich war des Lebens nicht müde, oder gar überdrüssig, aber ich war erschöpft davon, meines führen zu müssen, ob es hier draußen war, wo jeder Tag gleich war und jeder Tag anstrengend, oder alles was davor geschehen war, so war doch alles was davor geschehen war bis zu dieser Sekunde, das Ich, das ich erschaffen hatte und dessen Schicksal ich selbst geschrieben hatte, ein Ich ohne Auswege, ohne Asse im Ärmel, das nach allen Windungen, die es vollführt hatte, nun endlich am Ende der Sackgasse angekommen war, der es seit Jahren entlang gerannt war.

Nochmal füllte ich das Glas bis zum Rand mit Whisky. Er schmeckte wie immer großartig, allerdings trank ich üblicherweise nicht mehr als ein Glas davon. Ich spürte die Wirkung des Alkohols bereits. Es wurde mir wärmer, als es ohnehin schon war und ich spürte, wie sich mein Herzschlag erhöhte.

Wieder sah ich die Schrotflinte an. Tief in mir wusste ich, dass ich es nicht fertig bringen würde, mich damit zu erschießen. Vielleicht hätte ich es an einem anderen Tag, der in der Vergangenheit lag, getan, aber ich hatte sie nur pflichtschuldig aus der Truhe geholt, weil ich sie vor allem für so einen Moment mitgenommen hatte.

Aber ich hatte nicht wissen können, was dieser Ort mit mir machen würde, wie er mir Fleisch und Seele vom Leib reißen würde, bis ich blank und nackt bis auf die Knochen im Schnee stand, nur um mich danach wieder neu zusammenzusetzen.

Ich musste gähnen und spürte wie Müdigkeit in mir empor stieg. Ich wusste nicht, ob es am Whisky lag oder daran, dass das Feuer langsam begann den Sauerstoff zu verbrauchen, bevor ich es tun konnte. Vermutlich beides.

Erneut nahm ich einen großen Schluck. Dann sah ich wieder aus dem Fenster. Ich konnte es nicht genau ausmachen, aber hatte den Eindruck, dass die Flammen näher kamen. Ich hatte die Flasche erst zur Hälfte geleert und war mir nicht sicher, ob es mir gelang in die Besinnungslosigkeit abzudriften, bevor sie die Hütte erreichten.

Ich wollte die Augen schließen und nicht wissen, was passieren würde. Ob ich sie noch einmal öffnen würde, und wenn ich sie öffnen würde, würde ich es hier tun, würde ich es als Ich tun, oder was oder wer schlüge sie auf, und was von mir würde noch darin verbleiben?

Ein weiterer Schluck. Danach zog ich mein Hemd und meine Hose aus, weil mir bereits der Schweiß von der Stirn lief. Ich wischte die Schrotflinte mit einer Hand vom Tisch, sie schlug polternd auf dem Boden auf, sonst geschah nichts. Stattdessen legte ich meine Beine an ihrer statt ab. Wenn ich schon dem Ende meiner Zellen, ungleich, was mir geschehen würde, entgegen blickte, so konnte ich es doch zumindest bequem begehen.

Ich nahm das Bild, das mich und meine Frau zeigte und legte es mir auf den Schoß. Ich hatte darauf den Arm um ihre Schulter gelegt und sah in ihre Richtung, während sie in die Kamera strahlte, ein Glas Wein in der einen Hand, die andere an meiner Hüfte.

Ich wusste noch nicht einmal mehr zu welcher Gelegenheit es aufgenommen worden war. Sie sah so unendlich glücklich aus auf diesem Bild, als wäre sie unantastbar und makellos zufrieden. Und ich konnte mich nicht mal an den Moment erinnern, in dem es aufgenommen wurde, oder gar den Tag. Nicht mal das Jahr könnte ich mit absoluter Sicherheit bestimmen. Ich prostete der Aufnahme von uns zu und leerte das Glas erneut. Ich kam mir selbst gegenüber pathetisch vor, aber ich konnte nichts dagegen tun. Vielleicht gab es aber diese wenigen Momente im Leben, in denen es angemessen war pathetisch zu sein. Ich hatte den stumpfsinnigsten Zeremonien und Militärparaden beigewohnt, die so mit Pathos aufgeladen waren, dass sie beinahe Karikaturen ihrer selbst waren, aber in diesem Moment, da ich umringt von Flammen auf meinem

Stuhl saß, das Bild von meiner Frau und mir betrachtete und wusste, dass alles was ich sehen konnte, die Hütte, der Ofen, mein Bett, in dem ich die letzten Monate geschlafen hatte, alles und ich selbst, am nächsten Morgen nicht mehr sein würden, fühlte es sich richtig an, vielleicht zum ersten Mal in meinem Leben.

Ich schenkte den letzten Schluck Whisky in mein Glas und trank es.

Das war alles, was ich noch vorhatte, alles, was ich noch tun konnte. Der Motor des Wagens lief vermutlich immer noch. Ich hatte die Schneise gesehen, wie sie vor mir lag und ich nur durch sie hindurch hätte fahren müssen. Aber ich konnte nicht. Ich konnte nicht zurück und ein nach vorne gab es nicht mehr.

Dann sanken meine Augenlider nach unten und Schlaf überkam mich. Das Glas glitt mir aus der Hand und zerbarst auf den Dielen. Ich bekam nichts davon mit.

50

Ich spürte so etwas wie Bewusstsein in mich zurück kriechen. Ganz langsam wurde ich mir meiner gewahr, ohne aber die Kraft zu besitzen meine Augen zu öffnen. Zuerst begann ich meine Hände zu spüren, die eine ruhte auf Holz, um die andere tänzelte nur Luft umher. Ich stellte fest, dass sich mein Brustkorb hob und senkte, ich atmete also. Meine Füße spürten nichts, aber meine Beine mussten auf etwas liegen. Und ich spürte sie, spürte nach und nach jeden Fleck meines Körpers und dann wurde es mir schlagartig klar: Ich war nicht tot, sondern sehr wohl noch genau am gleichen Ort, an dem ich am Abend zuvor eingeschlafen war.

Ich riss meine Augen auf und sah mich um. Ich saß auf einem der Stühle in der Hütte, die Beine auf dem Tisch verschränkt. Es war alles noch da. Alles sah genauso aus, wie am Tag zuvor. Nur das Glas nicht, das in dutzende Teile zersprungen auf dem Boden lag und kein Glas mehr war. Ein bisschen war ich wie das Glas, seit ich hier draußen war. Alle meine Einzelteile waren noch da und doch konnte ich mich nicht mehr als den benennen, als der ich gekommen war. Ich dachte nicht mehr 'Glas', wenn ich auf den Boden sah, sondern 'Scherben', der Aggregatzustand war ein anderer geworden.

Ich schwang meine Beine vom Tisch, meine Rippen schmerzten schlimmer als die vergangenen Tage. Es war keine gute Idee gewesen, auf dem Stuhl einzuschlafen. Neben ihm stand eine leere Flasche Whisky.

Und mit einem Schlag kam alle Erinnerung zurück. Ich drehte meinen Kopf so schnell, dass mir ein klirrender Schmerz in den Nacken fuhr. Dafür stand mir der Blick aus dem Fenster frei und augenblicklich vergaß ich sämtlichen Schmerz. Meine Rippen, mein Nacken waren vom schnellstwirkenden Anästhetikum behandelt worden.

Alle Farben waren verschwunden. Es gab nur noch grau und schwarz außerhalb dieser Hütte, als schaute ich einen Film aus den Vierzigern und das Fenster war der Fernseher. Ich stand auf und ging näher heran, bis ich meine Hände auf der Fensterbank ablegen konnte.

Ich hatte den Sarg meiner Frau gesehen, gesehen, wie er in den Boden gelassen wurde und mit Erde überschüttet wurde, um für immer zu verschwinden und dennoch war dies der traurigste, der leerste Anblick, der sich jemals in meine Netzhaut eingebrannt hatte.

Das was von den Bäumen noch übrig geblieben war, trug das gleiche schwarze Kleid, wie es die Krähe tat, die mich mit ihren unheimlichen Augen durchdrang, wann immer ich ihr begegnete. Hier und dort stiegen noch kleine Rauchsäulen in den Himmel, der wie eine durchgängige Schicht Beton über mir hing. Das Gras um die Hütte war verschwunden und was auch immer darunter lag, hatte sich einen grauen Mantel übergeworfen, auch der kleine Verschlag, in dem ich mein Holz lagerte der seltsamerweise immer noch stand und nicht ebenfalls verschlungen worden war. Und still war es. Diese Art der Stille, als wäre alles in Watte gepackt worden, oder als hätte man sich die Trommelfelle durchstochen, zumindest stellte ich mir das so vor.

Ich löste mich vom Fenster und ging zur Tür. Kurz bevor ich die Hütte verließ ich, griff ich mir noch meine Jacke und warf sie mir über.

Ich zog die Tür hinter mir zu, ging einmal um die Hütte herum, aber in jede Richtung das gleiche Bild. Ich ertappte mich dabei, wie ich den Kopf schüttelte, als wäre irgendjemand neben mir, der verstünde, was ich dachte, der sah, was ich tat.

Ich setzte den ersten Fuß von der Veranda herab, in die graue Watte hinein und versank bis zu den Knöcheln. Jeder Schritt erzeugte ein leichtes Rascheln, das die Stille durchschnitt, als würde man Styropor ganz leicht aneinander reiben.

Ich ging bis an die Baumgrenze und blieb vor etwas, was einmal eine Tanne gewesen war, stehen. Ich roch den Ruß, der durch die Luft waberte. Vorsichtig bewegte ich meine Hand auf sie zu, aber sie strahlte keine Hitze mehr aus. Ich berührte sie und ließ meine Handfläche über sie gleiten. Als ich sie wieder von ihr löste, brach ein kleines Stück ihrer Borke ab und verschwand in der Asche, die den Boden bedeckte. Meine Hand war überzogen von schwarzen Schlieren. Ich verrieb es an meinem Hosenbein so gut es ging. Ich ließ die Tanne hinter mir und ging den Weg, den ich sonst ging, wenn ich Wasser holte, mit dem Unterschied, dass der Weg nicht mehr da war. Ich hatte Schwierigkeiten, mich zurechtzufinden. Viele Orte, die mir als Orientierung gedient hatten, gab es nicht mehr, oder sahen nicht mehr so aus, wie sie mein Gehirn abgespeichert hatte.

Mit jedem Schritt versank ich ein kleines Bisschen in der Asche, ohne zu wissen, was genau darunter lag. Kein Tier, nicht mal ein Käfer oder eine Fliege kreuzte meinen Weg. Es fühlte sich an, als würde ich über einen

Friedhof schreiten, auf dem kein einziges Grab stand, weil niemand vorbei kommen würde und auf den Knien trauernd etwas bedauern würde, das ihm genommen wurde.

Ich setzte jeden Fuß mit Bedacht vor den anderen und verlagerte nie sofort mein ganzes Gewicht auf ihn, deshalb dauerte es länger, bis ich den Brunnen erreichte. Auch er stand noch und war nicht eingeschmolzen, was ich die ganze Zeit befürchtet hatte. Aber auch er hatte sich verändert. Seine Form war gleich geblieben, aber der Lack war ihm von den Gliedern geronnen. Nicht der kleinste grüne Fleck war mehr an ihm, er stand da, als hätte man ihm alle Kleider vom Körper gerissen, auch wenn es schäbige gewesen waren, alle Schminke aus dem Gesicht gewischt, auch wenn man von weitem sah, dass es billige gewesen war und nur noch was eben übrig blieb, wenn man alles weltliche, alles diesseitige von einer Person schälte.

Ich griff nach dem Hebel und versuchte ihn zu bewegen. Mit einiger Gewalt gelang es mir, auch wenn mir währenddessen eine unsichtbare Person mehrfach mit einem Messer in die Rippen stach.

Nach einer Weile hörte ich ein Gluckern und kurz darauf schoss tatsächlich Wasser aus der Öffnung und ergoss sich über dem grauen Teppich.

Zufrieden trat ich wieder einige Schritte vom Brunnen zurück und wand mich letztlich von ihm ab, um den Fluss aufzusuchen.

Die Menge an Asche, durch die ich stapfte, nahm immer weiter ab, je näher ich dem Fluss kam.

Vermutlich, weil der Wald lichter wurde und Stück Stück für Stück von Felsen abgelöst wurde, deren Größe stetig zunahm. Einem Lebewesen begegnete ich dennoch nicht.

Ich begann Kopfschmerzen zu bekommen. Ich musste an die leere Flasche Whisky denken, und war eher überrascht, dass ich nicht schon längst welche hatte. Ich hätte etwas essen sollen, bevor ich aufgebrochen war, aber ich konnte nicht warten, konnte keine Zeit vergehen lassen, bevor ich alles gesehen hatte, das ganze Ausmaß an Verwüstung.

Selbst als ich dem Fluss bereits nahe war, ragten nur verkohlte Stümpfe aus dem Boden, wo einst stolze Bäume ihre Häupter in den Wind gereckt hatten.

Wie immer hörte ich den Fluss, bevor ich ihn sah, diesmal sogar früher als sonst. Ich warf auch nur einen halben Blick auf ihn, als ich die Biegung erreichte. Mir war klar, dass er noch immer dort war, wo er immer gewesen war, sich weiterhin unbeirrt durch das schmale Tal schlängeln würde, mochte es um ihn herum wüten und lodern, er hatte schon alles gesehen in der langen Zeit, die er bereits seine Bahnen zog, alles kommen, sowie alles gehen sehen, aber sein Rauschen und Plätschern war wohl schon immer die Begleitmusik gewesen, zu jedem Anfang, zu jedem Ende und zu allem, was dazwischen geschah.

Vielmehr wollte ich die Anhöhe hinauf steigen, von der aus man die ganze Umgebung überblicken konnte. Es ging zunächst nur leicht bergauf, aber es wurde immer steiler und die letzten Meter musste man sich an Felsen nach oben ziehen, um ganz nach oben zu gelangen. Wieder begleitete mich der Unsichtbare mit den Messern, aber ich versuchte ihm keine Bedeutung zu schenken. Die Sonne, der es nicht gelang durch die dichte Schicht Beton zu gelangen, würde noch lange genug nicht untergehen, so dass ich nicht im Dunkeln zur Hütte zurückkehren würde müssen, auch wenn ich für jeden Schritt, jeden Felsen, den ich erklomm länger brauchte, als vor dem Unfall, als es den Unsichtbaren noch nicht gegeben hatte.

Ich merkte noch nicht einmal, dass mir eine Träne die Wange herabrann, als ich die letzten Schritte auf die schmale Anhöhe hinauf machte. Mein Atem ging schwer und ich stemmte zunächst meine Hände auf meine Oberschenkel und tat einige Augenblicke nichts, außer atmen, bis mein Puls sich beruhigt hatte. Anschließend richtete ich mich auf und ließ meinen Blick über die Umgebung schweifen.

Dann kamen mir Tränen, die ich sehr wohl bemerkte.

51

Ich fühlte alles Leben aus mir entweichen. So weit mein Blick reichte, sah es nicht anders aus, als der erste Blick den ich vorhin aus meinem Fenster erhascht hatte. In einiger Entfernung gab es noch einige kleinere Flammenherde, aber das waren nur Nachzügler, die große Welle, der Tsunami aus Flammen, der über alles was ich sah, gezogen sein musste, war bereits versiegt und hatte nichts übrig gelassen, keinen Baum, keinen Strauch. Rauchschwaden stiegen an verschiedenen Stellen auf, an denen immer noch etwas Glut vor sich hin glimmte.

Alle Farben waren verschwunden aus meiner Welt, es war nur noch ich, wenn ich auf meine Hose, meine Schuhe, meine Hände sah, der welche an sich trug. Alles andere waren Abstufungen von Grau und Schwarz, nicht einmal weiß hatte noch einen Platz gefunden.

Ich setzte mich auf einen Felsvorsprung, so dass die Beine in der Luft hingen, vergrub mein Gesicht in meinen Händen und weinte bitterlich. Ich schluchzte so heftig, wie ich es noch nie erlebt hatte, aber es entzog sich gänzlich meiner Kontrolle. Ich fühlte nur noch Leere, als wäre ich ausgehöhlt worden und alles außer meinem Gerippe kollabiert. Ich schlug meine Faust auf den Felsen und schnitt mir an einer Kante tief in den Ballen, aber ich spürte es nicht einmal, ich spürte nichts mehr, nichts, was von dieser Welt kam, konnte mich jetzt noch verletzen, es war als hätte ich alle Teile von mir ausgeschieden, die Schmerz empfinden konnten, auch meine Rippen spürte ich nicht mehr, nichts spürte ich mehr.

Nichts spürte ich mehr.

Das Empfinden für Zeit hatte ich schon lange verloren, war ich doch schon längst allem messbaren abhanden gekommen, aber wie lange ich auf dem Vorsprung saß und weinte, in all meiner Verzweiflung, während mein Blut aus meiner Hand auf den Felsen tropfte und sich dort mit vereinzelten Flocken Asche vermengte, die die Hitze nach oben gewirbelt hatte und die hier gelandet waren, vermochte ich nicht einmal zu schätzen.

Ich wischte mir mit der unverletzten Hand über das Gesicht, als keine Tränen mehr an ihm hinab rollten. Ich weinte, aber ich hatte keine Tränen mehr in mir, um es nach außen zu tragen, aber das war auch nicht wichtig, nichts war mehr wichtig.

Meine Gedanken waren erstickt, wie der Boden unter der Asche, bis ich an die Schrotflinte denken musste, die ich gestern vom Tisch gefegt hatte und die seitdem unberührt in der Ecke neben meinem Bett lag, direkt vor der Kiste, in der ich sie die letzten Monate aufbewahrt hatte.

Am Tag zuvor war ich mir sicher, dass ich selbst im Angesicht des Todes nicht den Mut hatte, mich ihrer zu bedienen, um das unausweichliche zu beschleunigen. Aber ich war mir nicht mehr sicher, ob der Tod das schlimmste war, was einem widerfahren konnte.

Es war nicht mein Paradies gewesen, hier draußen, aber es war eine Zuflucht, ein Entziehen, von allem, zu dem ich geworden war im Laufe der Jahre, jeder Monat hatte mir ein Stück Ich zurück gegeben, das mutiert war, seine Gestalt verändert hatte, ein Freikämpfen aus allen Zwängen, aus all den Fesseln, die mir um den Hals gewickelt waren und jede Bewegung im Versuch sie zu lösen, sie sich nur enger zusammenziehen lassen hatte.

Aber hier waren sie Stück für Stück lockerer geworden, bis sie mir von den Schultern rutschten.

Aber es gab kein hier mehr. Es gab nur noch grau und schwarz und ich wusste nicht, ob ein Leben ohne Farben nicht schlimmer war als der Tod.

Ich atmete tief ein und beschloss zur Hütte zurückzugehen, die Schrotflinte zu holen und mich wieder auf den Felsvorsprung zu setzen, bis die Sonne unterging.

Als ich aufstehen wollte, drang sie das erste Mal am heutigen Tag an einer kleinen Stelle durch den Beton und fiel auf einen kleinen Baum, dem nur noch ein Ast geblieben war und der schon vor dem Inferno tot gewesen sein musste.

Ich stemmte mich mit der unverletzten Hand in die Höhe und wischte die blutige an meiner Jacke ab. Ein letztes Mal ließ ich meinen Blick schweifen und musste mich zwingen, ihn abzuwenden und den Abstieg zu beginnen.

Vorsichtig setzte ich meinen rechten Fuß auf einen Felsen, der einen knappen halben Meter unter dem obersten lag. Als ich den linken nachziehen wollte, hörte ich hinter mir ein bekanntes Geräusch.

Ich drehte mich um, und entdeckte die Krähe, die auf dem toten Ast des mickrigen Baumes saß. Wir neigten gleichzeitig den Kopf zur Seite, ich aus Erstaunen, sie aus Gründen, die nur sie kannte. Dann pickte sie in ihrem Gefieder herum, schüttelte sich und fuhr fort mich zu beobachten.

Ich musterte sie noch einen Moment und gerade als ich mich wieder abwenden wollte und den Heimweg fortsetzen wollte, traf sie der kleine Sonnenstrahl, der den Beton durchdrungen hatte.

In diesem Licht wirkte ihr Gefieder auf einmal nicht mehr schwarz, sondern schimmerte unzweifelhaft in einem tiefen Blau.

Ich musste erneut weinen, aber hätte ich Zuschauer gehabt, hätten sie einen glücklichen Menschen gesehen. Ich würde zur Hütte zurückkehren, ja, und ich würde noch viele Tage hier heraus kommen, ich würde all die Samen, die ich mitgebracht hatte, säen und die Tage würden sich gleichen und sie würden mühsam, aber sie würden zu Ende gehen und von einem neuen abgelöst werden.

Ihr Gefieder schimmerte in einem tiefen Blau.

Epilog

1

Meine Rippen hatten sich erholt, als der Frühling das erste Mal seine Finger nach mich ausstreckte. Ich hatte schon seit einigen Tagen begonnen Kartoffeln in den Boden vor der Hütte zu setzen. Es war eine mühsame Arbeit, aber letztlich war alles, womit ich meine Tage füllte, mühsam.

Vor wenigen Wochen hatte die Krähe meine Hütte entdeckt und seitdem stellte ich ihr immer ein wenig Futter auf die Veranda, was sie zu einem regelmäßigen Gast werden ließ. Am Vortag war sie am frühen Morgen auf meiner Fensterbank gelandet und hatte so lange mit ihrem Schnabel gegen die Scheibe gepickt, bis ich davon erwachte.

Ich war immer froh, wenn sie mich besuchen kam und mir eine Weile Gesellschaft leistete, bevor sie wieder davon flog, vermutlich um sich auf einem der unzähligen verkohlten Äste niederzulassen, die leblos wie eine Statue um die Hütte herum standen.

Abgesehen davon, dass nahezu alles um mich herum tot zu sein schien, hatte sich nicht wirklich viel verändert. Die Tage blieben die selben, und die Nächte sowieso, in den die Absenz von Farben ohnehin nicht merkbar war.

Ich fragte mich oft, wie es überall anders war, wie die Welt außerhalb meines Geheges aussah.

Ich wusste nicht was geschehen war und ich würde es auch nicht erfahren und abseits eines diffusen Gefühls von Neugierde war es mir auch gleich. Es änderte ja nichts für mich.

Und vielleicht war es auch besser.

Ich konnte hier, zusammen mit der Krähe, die Tage durch mich durch rauschen lassen, allesamt Abbilder voneinander und hatte in manchen Momenten immer noch diesen letzten kleinen Funken Hoffnung, der nie gänzlich verschwinden konnte.

Wahrscheinlich brauchen wir Hoffnung. Ich hatte sie oft verloren und doch in den unwahrscheinlichsten Momenten wiedergefunden, und waren es auch nur noch Bruchstücke, die Zeit benötigten, um wieder zusammengesetzt zu werden. Ich denke, man braucht Hoffnung, wir alle brauchen sie.

Nur wenn wir hoffen können, dass der Mensch im Kern gut ist, können wir beginnen es zu glauben. Und erst, wenn wir beginnen es zu glauben, können wir es werden.

2

Als mein Vater sagte, dass er den Weg gewählt hatte, weil es der schnellste Weg war, hatte mein Onkel ihn gefragt, warum er den schnellsten genommen habe und nicht den schönsten.